主人の愛執《あいしゅう》

富樫聖夜

イースト・プレス

contents

プロローグ　女執事と若き伯爵

「とっととあのガキを呼んで来い！　いるんだろう!?」

アークライド伯爵邸の玄関先に男の怒鳴《どな》り声が響き渡る。声の主は体格の良い中年男性で、妙な威圧感があった。

それに比べ、開け放たれた扉の前に立ちはだかり、男の進入を妨げている人物はあまりに華奢《きゃしゃ》だった。黒い燕尾服《えんびふく》に身を包んだ姿は男の横幅の半分ほどしかない。けれど、その使用人は一歩も引くことはなかった。恐れることなく男を見上げて言い放つ。

「主人はお会いしません。ミスター、あなたは歓迎《かんげい》されない客なのです。このままお帰りください」

凛《りん》とした口調だった。静かな迫力に一瞬だけ気圧《けお》された男は、それを隠すようにわざとらしく目の前の人物の頭から靴《くつ》の先まで目を走らせ、嘲笑《ちょうしょう》を浮かべる。

「なんだ、お前妙に変だと思ったら女じゃないか」

「……」

使用人は眉《まゆ》一つ動かさなかった。言われたことは事実であったからだ。

黒いズボンにベスト、ジャケットという姿では中性的な顔立ちとあいまって、一見男性に見えなくもない。けれど褐色《かっしょく》の髪をきりっと結《ゆ》い上げた頭から首筋のラインや、服を着ても隠しきれていない優美な身体のラインは、使用人――ティエラが女性であることを表していた。

「女の使用人に応対させるとは、俺も見くびられたものだ」

男は不機嫌《ふきげん》そうにつぶやく。ティエラは何も言わずに男を見返すだけだった。

こんなふうに言われるのは慣れていた。昔に比べて職業婦人が増えたといっても女性の地位は依然《いぜん》として低い。アークライド家に資金援助を求めてくる事業家にもこのような男《だん》尊女卑《そんじょひ》の考えを持った人間は多く、ティエラに対して彼のような反応を示すのだ。

もっとも、中には柔軟《じゅうなん》な考え方を持ち、ティエラがこのように男装して仕事をしていることを面白がって受け入れる人間もいた。そういう人物はたいてい従業員にも公正で、事業についても柔軟に運営し、成功することが多い。アークライド家が投資するのはそんな事業家がほとんどだった。

言ってみれば、ティエラの存在は顧客にとっては第一関門《かんもん》にも等しい。ティエラを認めなかったり、女ということで嫌悪を示す客はこの家では認められないのだ。

そういった意味ではこの目の前の商人は失格だ。アークライド家がこの男と関わることはないだろう。

ティエラはそう冷静に判断し、どうやって主《あるじ》に会わせず穏便にお引き取りいただこうかと考える。

主の評判を下げてしまうこともあるので、できるだけ実力行使は避けたいところだ。けれど、ティエラのそんな考えは男の嘲《あざけ》るような言葉で霧散《むさん》する。

「ハッ。ここの当主は変わり者だと聞いているが、女に男の格好《かっこう》をさせて働かせているとは。とんだ酔狂者《すいきょうもの》だな。商人伯爵と揶揄《やゆ》されるのも無理はない」

ピクリとティエラの眉があがった。自分のことはどう言われようと構わないが、大切な主のことを悪く言われるのは我慢《がまん》ならなかった。

実力行使も辞さないつもりで、ティエラは招《まね》かれざる客に最終勧告をしようと口を開きかけた。ところが言葉を発する前に玄関ホールに第三者の声が響き渡る。

「ティエラに対する侮辱《ぶじょく》は僕への侮辱と取るが、よろしいか、ミスター・ブライルズ」

振り返ったティエラは、吹き抜けの階段の踊り場に立つ青年の姿を認めて目を見開く。

「ヴァレオ様」

明るい色の服を身につけ、さっそうとした様子で姿を現したのは、このアークライド伯爵家当主のヴァレオだ。

　年の頃は二十歳。柔らかな金色の髪に鮮やかな青色の瞳の持ち主で、伯爵という身分と端正《たんせい》な顔立ちから貴婦人たちから絶大な支持を受けている。

　まだ年若いせいか、少しだけ子どもらしさを残した容貌も母性本能をくすぐるらしく、未婚の女性だけでなく既婚者までも彼に熱い視線を送っている。

　ただ、甘いのはあくまでも顔立ちだけで、仕事に関して甘いところはない。先代のアークライド伯爵からみっちり仕込まれただけあって、その判断はとてもシビアだ。

「困りますね、ミスター・ブライルズ。投資の話は先月丁重にお断りしたはずですが？」

「ようやく現れたな！」

　男――ブライルズは階段を下りてくるヴァレオを睨みつける。

「なぜ俺の会社への投資話を断ったんだ！　あんな儲《もう》け話は他にはないはず。現に多くの貴族が俺の話に乗っているんだぞ？」

「多くの貴族が話に乗っているのなら、アークライド家の投資など必要ないはずでは？」

「ぐっ」

　ブライルズは言葉に詰まった。一階まで下りてきたヴァレオはそれを見てフッと笑う。

「僕から答えを言ってさしあげましょうか、ミスター・ブライルズ？　いえ、その前はスレッターというお名前で鉱山の開発会社を作り、いい儲け話があると言って多くの貴族から資金を引き出していましたよね？　そのあげく会社をさっさと潰《つぶ》して逃亡。投資した金が回収できなくなり、身代《しんだい》を潰した貴族までいましたっけね」

「なっ……！」

ブライルズは慌てて顔を横に振った。その顔はひどく青ざめている。

「し、知らん！　俺はスレッターなんて知らん！　人違いだ」

「そうですか。でも人違いであろうとあなたの詐欺《さぎ》同然の会社に出す金などありませんので、ただちにお引き取りを」

にっこり笑いながら言い渡すヴァレオに、あっけに取られていたブライルズだが、すぐに彼の言っていることを理解したらしい。今度は顔を真っ赤にさせて怒鳴り始めた。

「なんだとこのクソガキが！　俺の会社のどこが詐欺なんだ！」

「おやおや。僕が調べないとでも思っているのですか？　ビジネスならきちんと調査をするのが当然です。僕が調べたところ、あなたが絶対に儲かると主張しているある鉱山の採《さい》掘《くつ》許可書は偽造されたものである可能性が高い。そんな会社に投資して詐欺の片棒《かたぼう》を担ぐつもりなどありません。さぁ、何度も言いますがお引き取り下さい」

「このっ！　貴族だと思ってお高くとまりやがって！」

「貴族は関係ありません。取引をする相手は選ぶ。それだけですよ」

冷笑《れいしょう》を含んだヴァレオの言葉に、とうとう怒り心頭《しんとう》に発したブライルズはヴァレオに向かって行った。

おそらくブライルズは、身長こそ女であるティエラより高いものの、男にしては細身に見えるヴァレオの体躯《たいく》を見て、腕力でどうにかできると思ったのだろう。また、怒鳴り声が響いているのに、この場にティエラ以外の使用人が姿を現さないことから、この屋敷には使用人が少ないのだとも思ったに違いない。

目の前の若き伯爵がわざと無防備に見せているなど思いもしないで、簡単に逃げられる――そう考えたブライルズはヴァレオの襟元《えりもと》を締め上げようと手を伸ばした。

だが、その手はヴァレオには届かなかった。寸前《すんぜん》で、ヴァレオとブライルズの間に身を躍《おど》らせたティエラが、伸ばされたその手を摑んだからだ。

ブライルズには、え、と思う間も与えられなかった。ティエラは彼の手首を後ろにひねり上げ、同時に黒いズボンに包まれた片足を上げると、男の腹に見事な膝蹴《ひざげ》りを入れた。

「ぐおっ！」

ブライルズはうめき声をあげた。

あっという間に、彼は後ろ手に両手を拘束《こうそく》され、床に引き倒されていた。

かろうじて動く顔をあげたブライルズは、階段の下に佇《たたず》んで笑みを浮かべているヴァレオを見る。そこで彼はヴァレオが少しもさっきの場所から動いておらず、すべては今のしかかるようにしてブライルズを押さえ込んでいる男装の女がやってのけたことにようやく

気がついたらしい。

「お、前は……何者なんだ……」

ティエラが答える前に、ヴァレオが手を振って合図《あいず》をする。そのとたん、従僕《じゅうぼく》と見られる男たちが何人も現れた。

「ミス・ティエラ。代わります」

「お願いします」

従僕たちはティエラからブライルズを引き取り、床に引き倒したまま拘束する。猿轡《さるぐつわ》をかまされ、縄で手首と足首を縛られ、すっかり抵抗できなくなったブライルズに、ヴァレオが声をかけた。

「そういえば、言い忘れていたよ」

再び声の方へ顔を向けたブライルズの目には、ヴァレオの傍らに凛として立つ男装の使用人の姿が映った。

「スレッター氏には確か詐欺の容疑で逮捕状が出ている。……ああ、何も言う必要はない。申し開きや言い訳は警察でやってくれ。それから、金を出させようとする相手の情報はきちんと調べておくべきだ。ティエラのことすら知らないなんて話にならないよ」

もごもごと猿轡の奥でくぐもった音がした。

——その女がなんだって？

おそらくブライルズはそう言いたいのだろう。

「ああ、先ほどの質問だけど、僕から答えよう」

ヴァレオはティエラの肩に手を回して、嫣然《えんぜん》と笑った。

「ティエラは賢《かしこ》くて美しくて強い、我が家の自慢《じまん》の執事――そう、女執事さ」

第一章　主人と女執事の日常

「ティエラ、大丈夫だったの？　怪我はない？」

ブライルズを連行していく警官たちを見送り屋敷に入ると、恰幅《かっぷく》のよい中年の女性が心配そうにティエラに駆け寄ってきた。家政婦長として女性の使用人を束ねるミセス・ジョアンだ。

ブライルズが来ると知ったヴァレオは、女性の使用人たちを屋敷の奥に避難させて、玄関周辺に男性の使用人だけを配置して備えるよう指示を出した。実を言うとティエラも避難するように言われたが、自分が囮《おとり》になると言うヴァレオの近くにいて守りたくて、無理を言って残させてもらったのだ。

それにティエラはこのアークライド伯爵家の執事だ。執事が来客をもてなさねば誰がやるというのだ。

「大丈夫です。ミセス・ジョアン。かすり傷一つありませんから」

軽く笑ってみせるティエラに、ミセス・ジョアンはホッと安堵《あんど》の息を吐く。

「よかったわ。もしあなたに何かあったらミスター・ルーシャーと、今は亡きヴァイオレットに申し訳が立たないもの」

ミスター・ルーシャーというのは、アークライド伯爵家の家令を務めているティエラの父親だ。今は伯爵家の領地にある屋敷《カントリー・ハウス》で留守を預かっている。

ティエラが女の身で執事を務めていられるのも、他の使用人が若い彼女に従ってくれるのも、この父あってこそだ。母親のヴァイオレットが流行《はや》り病で亡くなってから、男手一つで育ててくれたこの父を、ティエラは誰よりも尊敬していた。

「確かにお父さん……いえ、ミスター・ルーシャーは私が荒事《あらごと》をするのにはいい顔をしないけれど、ヴァレオ様に怪我《けが》などさせようものならもっと怒られるわ。なぜ目を離したのかって」

悪戯《いたずら》っぽく笑って言うと、ミセス・ジョアンは苦笑を浮かべた。

「そうね。私たちも旦那様たちご一家を慕《した》っているけれど、ミスター・ルーシャーは慕っているというより崇《あが》めている感じだものね。だからこそ誰よりも信頼できるのだけれど」

「先代の伯爵様には返しても返しきれない恩がありますもの」

父のモーリスがアークライド伯爵家第一で忠実なのも無理からぬことだ。すでにティエラを身ごもっていた母のヴァイオレットと駆《か》け落ちし、路頭《ろとう》に迷っていたところを、ヴァレオの父親である先代のアークライド伯爵に助けられ、働く場まで与えられたのだから。

『旦那様は私たち家族の命の恩人だ。私たちはその恩を生涯《しょうがい》かけて返していかなければならない』

それがモーリスの口癖《くちぐせ》だ。そのことに、ティエラに否《いな》やはない。先代アークライド伯爵もヴァレオもティエラたちが命と生涯をかけて仕えるに足る人物だ。

「ヴァレオ様にお仕えできるのは、私や父にとっては僥倖《ぎょうこう》なのです」

「やれやれ、本当にあなたたちは似たもの親子だこと」

口ではそう言いながらも、ミセス・ジョアンは微笑《ほほえ》ましげにティエラを見る。その時だった。

「ミス・ティエラ」

声をかけられティエラが振り返ると、そこにはこげ茶色の髪を綺麗になでつけた、水色の瞳を持つ青年が立っていた。従僕のオズワルドだ。

従僕は、執事や家令の補佐や主人の世話や接客などを行う、貴族の家にとって重要な使用人の一人だ。王都《タウン・ハウス》にある屋敷でも何人も雇っている。

ただ、オズワルドはこの屋敷のために雇われている従僕ではなく、領地にある屋敷の方で父モーリスの補佐をしている男性だ。月に一度、モーリスの遣《つか》いとして手紙や書類などを届けるために王都の屋敷へとやってくる。今日もたまたまオズワルドが屋敷に来ていた日だった。

「オズワルド、もう帰るのですか？」

ティエラはオズワルドが革のカバンを手にしていることに気づいて彼を見上げた。ティエラも女性にしては背が高い方だが、オズワルドはそれよりも頭一つ分は高い。

「はい。今発たなければ領地のお屋敷に着くのが真夜中になってしまいますので」

近年、蒸気機関車が発達し、遠くの土地にまで馬車よりもはるかに速く簡単に行けるようになった。とはいっても、汽車の旅でも何時間もかかるし、駅から屋敷までは馬車を使って移動しなければならないのだ。

「今日はありがとう、オズワルド。助かったわ」

先ほどのブライルズの捕縛《ほばく》劇の時、実はオズワルドも協力してくれていたのだ。一番初めにティエラのもとに来て「代わります」と言ってくれたのも、彼だった。

「いえ、お役に立てたのなら光栄です」

オズワルドは端正な顔にほんのりと照《て》れたような笑みを浮かべた。

従僕には見目のよい青年が雇われることが多く、オズワルドも例外ではない。けれど、他の貴族の屋敷で雇われている気位の高い従僕たちとは違い、彼はどこか純朴《じゅんぼく》な雰囲気を残している。礼儀正しく、誰にでも気持ちよく応対するため、この屋敷の侍女たちなどは彼が訪れるのをいつも楽しみにしているほどだ。

もちろん、このタウンハウスでも従僕は何人か雇っているが、ここでは用心棒も兼ねているため、他家とは違い腕っぷしの強さを優先して選んでいる。だからどうしても見劣りしてしまうのだ。

「道中、気をつけて」

「はい。ではまた来月お伺いします」

礼儀正しい挨拶と笑顔を残して、オズワルドは屋敷を去っていった。それをティエラとともに見送ったミセス・ジョアンはホゥと息を吐く。

「いい男だねぇ。容姿もいいし、気配りもできるし、礼儀正しいし。将来も有望そうじゃない？」

同意するようにティエラも頷いた。

「ええ。父も目をかけているようです」

ミセス・ジョアンは含みのある笑みを浮かべた。

「それに、あなたに気があるわね、あれは」

またか。とティエラは内心でため息をつく。ミセス・ジョアンはティエラが独り身なのを気にして、気に入った結婚適齢期の男性がいるとすぐ結びつけようとするのだ。

「気のせいですよ、ミセス・ジョアン。それにオズワルドには私なんかよりもっと若い女性がいいに決まっています」

ティエラは二十二歳だ。貴族社会はおろか庶民でも嫁《い》き遅れの域に入る。適齢期の時はちょうど先代が亡くなり、跡を継いだヴァレオを支えるために必死だったため、それどころではなかったのだ。

「オズワルドにはこんな男の格好をした年増《としま》はもったいないわ」

自分の姿を見下ろしてティエラは微笑む。男性用の上着にズボン。仕事着だが、執事という職業柄ほぼ一日中この格好だ。女性用の服もないわけではないが、ワードローブの中は圧倒的に男性用のもので占《し》められている。こんな女を娶《めと》りたいと思う男がいるわけがない。

「それは誤解よ。あなたはとても教養豊かで美人だから、男性の注目を集めているわよ？」

ティエラはその言葉を一蹴《いっしゅう》した。

「私の男装が珍しいからですよ。それに私は一生をヴァレオ様にささげると誓っているのです。結婚など不要です」

「んもう。ミスター・ルーシャーもヴァイオレットも、あなたには女性として幸せになってほしいと思っているでしょうに」

ミセス・ジョアンは口を尖《とが》らせて腰に手をあてる。説教が始まりそうな予感がしたティエラは、ポケットから懐中《かいちゅう》時計を取り出して言った。

「あら、こんな時間！　ヴァレオ様にお茶をお出ししないと！」

「あ、こら、ティエラ！」

ミセス・ジョアンの声を背に、ティエラはその場からそそくさと立ち去った。

それから十五分後、ティエラはやれやれと思いながらお茶をのせたワゴンを押してヴァレオの書斎に向かう。

――私は結婚など考えていないというのに。

もし夫を持ったとしても、ティエラにとって二の次、三の次になることは目に見えている。それでは相手に失礼だろう。

けれど、ミセス・ジョアンが適齢期を過ぎても独り身でいるティエラを心配するのも無理はなかった。

職業を持つ女性が珍しくなくなったとはいえ、男性の庇護《ひご》を得ず女性が一人で生きていくのは大変だ。幼いころから母親について、長じてからはヴァレオについてこの屋敷に出入りしていたティエラは、ミセス・ジョアンにとっては娘も同然なので、行く末を心配されるのも当然だといえた。

しかしティエラは結婚することは考えていない。少なくともヴァレオが結婚してこの家に女主人ができるまでは。

それが、眉をひそめられると分かっていながら女のティエラに執事としての地位を与えてくれた先代アークライド伯爵の恩に報いることだと思っていたし、それに、ヴァレオと約束したのだ。ずっと傍にいると。

ヴァレオが必要とする限り、ティエラは彼のもとを離れるつもりはなかった。

ティエラはヴァレオの書斎の前まで来ると、重厚な扉を軽く叩いて声をかけた。

「ヴァレオ様？　失礼します」

中からの返事を待たずに扉を開けて、ワゴンを押しながら足を踏み入れる。この屋敷の中でティエラだけが、返事を待たずにヴァレオの部屋や書斎に入室することが許されているのだ。

「ヴァレオ様。お茶をお持ちいたしました」

「ありがとう、ティエラ」

大きな机でペンを走らせていたヴァレオが顔をあげた。

「区切りをつけて休憩しようと思っていたんだ。そこに置いて」

そう言ってヴァレオは書斎の隅にあるソファとテーブルを示す。

「承知いたしました」

ポットを手に取って、ティエラはお茶の準備を始める。その間にヴァレオは紙を封筒に入れて封をすると、その手紙を机の引き出しにしまった。ヴァレオが椅子から立ち上がるのに気づいたティエラは、菓子職人が作ったビスケットをテーブルに並べ、カップにお茶を注《そそ》いでいく。

「はい、どうぞ」

香ばしい匂いが立ち込めるカップをヴァレオの前に置くと、彼はさっそくそのカップに手を伸ばした。一口飲んだヴァレオは顔をほころばせる。

「うん、ティエラの淹《い》れるお茶は最高だ」

「ありがとうございます」

にっこりとティエラは笑った。

こうして和《なご》やかに始まったお茶の時間だが、話題は自然と先ほどの捕り物へと移っていく。

「スレッターが捕まったのはいいことだが、あの様子では投資した金を取り戻すのは無理そうだ。騙《だま》し取られた貴族たちは歯噛《はが》みするだろうな」

「そんなに被害は大きかったのですか？」

「ああ。スレッターと名乗っていた時に結構な数の貴族が被害に遭《あ》っている。中にはかなり高位の貴族もいた。あの悪名《あくみょう》高きウェンズリー侯爵家もそうだし、バイドル伯爵家もそうだ。それに、ベントリー伯爵家」

カップを手にヴァレオは次々と貴族の家名を挙《あ》げていく。それはかなりの数にのぼった。

「多いですね……」

思わず呆れてしまう。どうしてあんな男に騙されてしまうのだろうか。

「恥ずかしくて詐欺に遭ったなどと大っぴらにできないっていう貴族もいるから、表向きの被害者数は少ないけどね。実際はもっと多いし、あの男のせいで破産《はさん》した貴族もいるよ」

それからふと思い出したようにヴァレオは付け加える。

「そういえば、オルジュ伯爵家も被害に遭ったはずだ」

「オルジュ伯爵家も？」

オルジュ伯爵家といえば、過去には当主が副首相を務めたこともある名門の家柄だ。今はそれほどパッとしないものの、現当主は議員を務めていて、貴族として確固たる地位を築いている。

そしてそのオルジュ伯爵家の嫡子であるラスティンはヴァレオの友人だ。

「ああ。もう何年も前のことだけど、現当主が『他の貴族も大勢投資をしているから』というスレッターの口車にのせられて、かなりの額を投資してしまったらしい。そうやって他の名門貴族の名前を挙げて安心させて金を引き出すのがあいつの手口なんだよ」

「オルジュ伯爵もそれにまんまと嵌《はま》ってしまったのですね」

「屋敷を維持していくのも金がかかるからね。ついうまい話に頷いてしまったんだろう」

ヴァレオは肩をすくめた。

ここ半世紀の間にこの国の経済構造は大きく様変わりしていた。産業が発展し、商人や中流階級が台頭するのと同時に、それまで国を支えていた農業が衰退《すいたい》し、貴族たちは領地から得られる収入だけでやっていくのが困難になってきた。農村部から都市部へ人の流出が止まらないのもそれに拍車《はくしゃ》をかけた。

代々受け継いできた屋敷の維持や使用人への賃金など、貴族の生活は何かとお金がかかる。ところが貴族が商売をするのは好ましくないという風潮《ふうちょう》もあり、領地収入以外を得ることがなかなか難しい。

そこで貴族がこぞって始めたのが会社や企業家に金を貸して利益を得る――いわゆる投資だ。もちろん、投資も古い考えの貴族たちからは眉をひそめられることだが、成功すれば貸した金が莫大な額となって返ってくるとあって、密かに行う貴族たちが近年増えてきたのだ。

「本来投資する相手のことは徹底的に調べるべきなんだ。でもどうやらスレッターは、あまり投資に慣れておらず、大っぴらにしたくない貴族を狙い撃ちしたみたいだ」

「それで被害が拡大してしまったのですね」

「ああ。ところが金を集めるだけ集めたスレッターはそのまま他国へ逃亡。被害に遭った貴族たちが騙されたことにようやく気づいた時には、もう後の祭りだったわけさ」

そこまで言うと、ヴァレオは空になったカップを受け皿に戻した。ティエラはポットを持ち上げて、カップに新しいお茶を注いでいく。

「一方、スレッターは前回あまりに上手くいったものだから、味をしめたんだろうね。七年後、密かに帰国し、名前を変え、今度は貴族を騙《かた》って同じことをやろうとした。でも、今回声をかけた貴族たちは色よい返事をしなかった。それも当然さ。大勢の貴族たちが騙されたことは当時社交界でもかなり話題になったから、いくら儲け話に疎い貴族でも警戒するだろう」

「それでうまくお金が集まらず、とうとうヴァレオ様のところへも話を持ってきたわけですね」

うっすらとヴァレオの口元に笑みが浮かぶ。

「アークライド伯爵家は手広く投資しているからね。でもうちに来たのが運の尽きだ。僕の事業所にやってきたブライルズと名乗る人物の話を聞いて、以前父に聞いていたスレッターの使った手口とよく似ていると思ったんだ。それで徹底的にあいつの過去を洗い出し、同一人物だと確信したから捕まえるために罠《わな》を張った」

投資を求めてきたスレッターに対して、ヴァレオはかなり侮辱的な返答をしたようだ。頭に来たスレッターはそれが罠とも知らずにのこのこやってきた、というのが真相だ。もちろん、抜け目のないヴァレオは最初からスレッターに密かに見張りを付けて動向を窺《うかが》っていた。だからこそ、屋敷にやってくる彼を待ち構えることができたのだ。

「さすがヴァレオ様です」

思わずティエラが顔をほころばせると、ヴァレオは苦笑した。

「ティエラに褒《ほ》めてもらえるのは嬉しいけれど、このくらいじゃないとアークライド伯爵家の当主はやってられないよ」

このアークライド伯爵家も投資で莫大な富を得ている。伯爵を叙爵されてからの歴史は浅く、格式からいえばヴァレオの友人の家であるオルジュ伯爵家の足元にも及ばないが、財力の点から言えばおそらくはるかに凌駕《りょうが》しているはずだ。

ヴァレオの父親である先代のアークライド伯爵は投資家としてすぐれた才能があり、一代で新興の伯爵家だったアークライド家をここまでのし上げた人物だ。最初は貴族が投資などするものではないと眉をひそめていた貴族たちも無視できなくなり、こぞって投資に手を出すようになったのも先代の影響が大きい。

ヴァレオはそんな父親の才覚を受け継いで、さらにアークライド伯爵家の財産を殖《ふ》やし続けている。ティエラの自慢の主だ。

お茶を飲み終わったヴァレオはソファの上で背伸びをした。

「スレッターのことは終わったし、仕事の区切りもついた。このあとの予定もないことだし、少し休むことにするよ」

「はい。承知しました」

空のカップをワゴンに戻しながら、ティエラは頷く。

「あ、ティエラ、待って。片付けはいいから、ここに座って」

休むというヴァレオの邪魔をしないようにと、部屋を出るつもりで扉へ向かおうとしたティエラはその声に振り返る。するとヴァレオは自分の横をポンポンと叩いていた。

「でも……お休みになるのでは？」

子どもの頃ならいざ知らず、主人の使うソファに使用人が腰をおろすなど許されないことだ。そう思い戸惑っていると、ヴァレオはさらに促《うなが》す。

「いいから気にしないで座って、ティエラ」

「……はい」

逡巡《しゅんじゅん》したあと、ティエラはヴァレオの言うとおりに彼の隣に腰をおろす。するとヴァレオは上着を身につけたまま、いきなり長いソファの上に横たわりティエラの膝に頭をのせた。

「ヴァレオ様!?」

「しばらく横になる。ティエラ、付き合って」

「でも……」

「一人でいるより、ティエラの傍が一番落ち着くんだ」

そう言ってヴァレオは目を閉じる。だめですと言いかけたティエラは口を閉じ、太ももにヴァレオの重みを感じながら、そっと諦《あきら》めの息を吐いた。

こういう時のヴァレオはティエラの言うことなど聞かない。成人した貴族男性が使用人に膝枕をしてもらうなど、他家に知られたら恥になってしまうというのに。

でも……。

ティエラは自分の膝の上で目を閉じているヴァレオを見下ろして、ため息混じりの笑みを浮かべた。

二十歳という若さでアークライド伯爵家を支えているヴァレオ。そんなヴァレオがこんなふうに甘えたような態度をとるのはティエラの前だけだと分かっている。だからティエラもあまり強く出られないのだ。

「ティエラ。目が覚めるまで傍にいて」

ヴァレオは目を閉じたまま呟《つぶや》くように言うと、ティエラの答えを聞く前にすぅっと眠りに入っていった。

ティエラはヴァレオの顔にかかった一筋の髪をそっと払う。

目を閉じたヴァレオは二十歳という年齢よりも幼く見えた。見慣れた——彼が生まれた時からずっとティエラが見守ってきた寝顔だった。

ヴァレオとティエラは乳兄弟《ちきょうだい》という関係だ。ティエラの母親ヴァイオレットがヴァレオ

の乳母をしていたからだ。乳離れすると子守へ。そして長ずるにしたがってヴァイオレットは家庭教師となった。そんな母親にくっついて、ティエラはヴァレオと一緒に育ってきたのだ。

そんなこともあって、外では伯爵家の当主であり優れた投資家としての顔を持つヴァレオも、ティエラの前でだけは年相応に——いや時には子どものような我儘な一面を見せる。ティエラ以外に世話をされるのを極端に嫌がるのも、唯一素の自分を出せるのがティエラだけだからだろう。

貴族の家庭では、幼い頃は男女の別なく子守や侍女が世話をするが、年頃になると身の回りの世話をするのは同性が行うのが一般的だ。主の世話は従者や従僕が行い、女主人の世話は侍女がする。その慣例に倣ってヴァレオも十二歳の時に専属の従者がつけられた。ところがヴァレオはそれまで通りティエラに世話をされることを望んだのだ。

普通ならばそれは許されることではない。けれど、貴族にしては破天荒なところがあった先代アークライド伯爵は、ティエラの父モーリスの反対を押しきって笑いながら許可してしまったのだ。もちろん必要最低限の世話でという条件はついていたが、道徳にうるさい貴族がこれを知ったら眉をひそめていただろう。けれど、先代アークライド伯爵はそういうことを気にする人物ではなかった。

女のティエラを執事に据えたのも先代だ。

まだティエラが十二か十三歳ぐらいだった当時、彼女はヴァレオの世話をする以外に、執事だった父モーリスの手伝いをしていた。来客の対応をすることも多かったのだが、その時はまだ普通に女性用の服を着ていたために、モーリスの目が届かない場所で手を出されそうになることも多かった。そこで従僕に見えればその手のことは減るだろうと考え、ある日、父の古着を着てみたのだ。

当時ティエラもまだ女性らしい体格とはいえず、男性用の服を身につけ長い髪さえ帽子にしまいこんでしまえば従僕として十分通じた。モーリスはいい顔をしなかったが、ティエラの男装姿を見た先代アークライド伯爵は大いに面白がり、男装を許可した上にお仕着せまでわざわざ与えたのだった。

やがて成長し、体つきが女性らしくなると、さすがに男性と偽ることはできなくなったが、ティエラの男装は続いた。その働きを見て、先代アークライド伯爵はモーリスを家令に任命するのと同時に彼女を正式に執事として雇い入れたのだ。ティエラが十六歳の時のことだ。

それから六年。先代が病気で亡くなり、ヴァレオがアークライド家を継いだあともティエラは執事としてこの家に仕え続けて今に至る。

異例の女執事ということで奇異《きい》の目で見られたり侮《あなど》られたりすることも多いが、やりがいのある仕事、何よりヴァレオのすぐ近くで彼を公私ともに補佐できる仕事を与えてくれたことに、ティエラは何よりも感謝していた。

もし執事をしていなければ、ただの侍女でしかなかったティエラがヴァレオの傍に居続けることは難しかっただろう。いくらヴァレオがティエラを世話係として望んでくれても、異性ということで早々に引き離されていたに違いない。こんなふうに二人きりで膝枕をすることも、許されなかっただろう。


『ティエラ。ずっとずっと傍にいて。決して僕から離れていかないで』


幼い頃のヴァレオの声が脳裏に蘇《よみがえ》る。それはヴァレオと交わした約束の言葉。

闊達《かったつ》なアークライド伯爵夫妻。厳しくも優しい父モーリスと母ヴァイオレット。ティエラとヴァレオを優しく見守ってくれる使用人たち。そんな何一つ不満のない日常が壊れたのは、ティエラが十歳、ヴァレオが八歳の時だった。

その年の夏、国中に流行り病が蔓延《まんえん》し、それはアークライド伯爵領も例外ではなかった。領民や使用人が何人も亡くなり、ヴァレオの母親であるアークライド伯爵夫人も病に倒れた。それに続いて夫人の看病にあたっていたヴァイオレットも感染し、高熱が続いた末この世を去ってしまったのだ。

ティエラとヴァレオは病人から隔離され、二人の死に目にも会うことはできなかった。

あの当時のことを思い出すだけでティエラの胸は苦しくなる。

アークライド伯爵やモーリスは悲しむ間もなく処理に忙殺《ぼうさつ》された。亡くなったのは夫人やヴァイオレットだけではないからだ。病にかからなかった使用人たちも忙しく立ち働き、子どもだったティエラたちを慰《なぐさ》める余裕はなかった。ティエラたちは喪失の悲しみと苦しみに二人だけで立ち向かわなければならなかったのだ。

互いの存在が唯一の慰めだったあの頃――。

ヴァレオは涙を流しながらティエラの胸に縋《すが》って言った。

『ティエラ。ティエラは僕を残してどこにも行かないよね』

『もちろんです。ティエラはずっとヴァレオ様のお傍におります』

『約束だよ。離れていかないで。僕の横にいて』

『はい。ヴァレオ様』

何度も繰り返し、ヴァレオはティエラに約束を求めた。

――自分から離れていかないで。傍にいて。

幼いヴァレオは親しい人間を一度に亡くしてしまったのだ。唯一傍に残ったティエラに依存するのも無理はない。

だがこの時が一つの転機になったのは確かだ。その時までティエラにとってヴァレオは手のかかる甘えん坊な弟のような存在だった。でも、世界に二人きりで取り残されたような時間の中で、自分が守り支えていかなければならないのだと強く感じた。

約束を交わし、安心したように眠りに落ちるヴァレオを見守りながら、ティエラは悲しみと喪失の痛みのなかで決意した。

ヴァレオの傍にいる。彼が望む限りずっと支え続けていくのが自分の使命だと――。

その時交わした約束はティエラにとっても生きる指針となった。

ティエラは静かな寝息を立てるヴァレオを見つめながら、小さな声で囁く。

「ヴァレオ様。ティエラはずっとお傍におります。……あなたが私を必要としなくなる、その時まで――」

その声が聞こえたのか、眠っていたはずのヴァレオの口の端がふっとほころんだように見えた。


ためらいがちなノックと扉の外から聞こえる声が静かで特別なひと時を打ち破った。

「あの、ご主人様、よろしいでしょうか。お客様がいらしているのですが……」

声をかけてきたのはティエラの補佐をしている従僕のうちの一人だ。

ティエラの膝の上で、ヴァレオがパチッと目を開ける。むくりと起き上がりながらどことなく不機嫌そうな声を出す。

「客？　来客の予定はなかったはずだけど？」

「は、はい。先触れもなく、突然いらっしゃいまして……ラスティン様です」

「ラスティンか……」

ヴァレオは眉をあげた。

ラスティンというのはヴァレオの友人でオルジュ伯爵家の嫡男だ。年はヴァレオより一つ上の二十一歳。ヴァレオが爵位を継いで、社交界に顔を出すようになってから親しくなったうちの一人で、年齢が近いこともあってよく行動を共にしている。

「約束も先触れもないなんて、ラスティン様にしては珍しいですね」

ラスティンはこの屋敷にも時々訪れるが、礼儀を重んじる貴族らしく、いつも約束をするか、もしくは先触れを寄こしてくる。今日はそのどちらもせず突然やってきたのだから、よほどの急用なのだろう。

扉の外で従僕が尋ねてくる。

「応接室にご案内しますか？」

「いや、こっちでいい。この書斎に連れてきてくれ」

「かしこまりました」

従僕の足音が遠ざかると、ティエラはソファから立ち上がってテーブルの上のカップを片付ける。ヴァレオも立ち上がると、身を整えながら言った。

「ティエラ。すまないがもう一度お茶を用意してくれ」

だが、ふと思いなおしたように首を横に振った。

「いや、ワインだな。もしかしたらラスティンは、スレッターの逮捕のことを聞き及んだのかもしれない。だったら酒の方がいいだろう」

スレッターの詐欺被害に遭った者の中にオルジュ伯爵の名前があったことを思い出し、ティエラは頷いた。お金を騙し取って外国へ逃亡していたはずの男が友人の家で逮捕されたのだ。気位の高いラスティンでも平静ではいられないだろう。

「そうですね。では軽めのワインをご用意してお持ちします」

「頼んだよ」

「はい。それでは」

ティエラはヴァレオの書斎を出ると、ワゴンを押して廊下を歩き出す。すると、向こうの方から従僕に案内されてやってくるラスティンの姿が見えた。

隙なく撫で付けられた栗色の髪に、理知的な緑の目。背はスラリと高い。さらに精悍な顔立ちと名門オルジュ伯爵家の後継者ということで、ヴァレオと並んで社交界で人気のある独身貴族の一人だ。

ラスティンもティエラの姿に気づいたらしい。ほんの少しだけ顔をしかめたのを、ティエラは見逃さなかった。

足を止め、目の前を通り過ぎるラスティンにティエラは礼儀正しく頭を下げる。

「いらっしゃいませ、ラスティン様」

「こんにちは。ミス・ルーシャー。お邪魔するよ」

にこやかな笑みを浮かべて、ラスティンは挨拶を返した。その背中を見つめて、小さなため息をつく。

どうやらラスティンはティエラの存在を苦々しく思っているようだ。ヴァレオの前では隠しているし、ティエラ本人にも態度で示すことはないが、どうしたってそういう気持ちは伝わってくるものだ。

彼がティエラを「ミス・ルーシャー」と堅苦しく呼ぶのもその気持ちの表れだろう。

先代の頃から親交がある貴族たちは「ティエラ」もしくは「ミス・ティエラ」とファーストネームで呼ぶ。ティエラの父親がルーシャーというファミリーネームで呼ばれることが多いため、区別をするためだ。当然そのことを知っている貴族たちはティエラをファミリーネームではなく親しみも込めてファーストネームで呼ぶのだ。

ラスティンもそのことを知っているはずだが、彼は頑《かたく》なにティエラをファミリーネームで呼び続けている。まるで一線を引くように。

それはあながち間違っていないだろう。典型的な貴族であるラスティンは女のティエラが執事をしていることも、ヴァレオが過度に特別扱いしているのも気に入らないのだ。

主と使用人。貴族と庶民。そこには決して越えられない一線がある。ティエラとヴァレオはその一線を踏み越えているように見えるのだろう。実際、ティエラもそれは自覚している。

ティエラ以外の人間に世話をされるのを嫌がるヴァレオ。傍から離さず、執事として優遇し続けるヴァレオ。ティエラが大切な存在だと少しも隠さないヴァレオ。……友人であるラスティンが危惧《きぐ》するのも無理はない。

ヴァレオの友人に存在を認められないのは辛いが、ティエラは構わなかった。ティエラはヴァレオだけが重要なのであって、認められようが危惧されようが、傍を離れるつもりはない。

——ヴァレオ様が私を必要としなくなるまでは。

約束通り傍にいて、彼を支え続ける。それがティエラの至上《しじょう》だった。

「さて、ワインを選んでお持ちしなければ」

頭を軽く振って気持ちを切り替えると、ティエラはワゴンを押して歩き始めた。

主と執事として過ごす日々。

……そんな日々がこれからも続くと、ティエラは信じて疑わなかった。

＊＊＊

「ヴァレオ！　あのスレッターを捕まえたって本当か!?」

　書斎に入って挨拶もせずにラスティンは言った。

「ようこそ、ラスティン。今日のことだというのに、情報が早いね」

　ラスティンをソファの方に導きながらヴァレオが苦笑する。

「うちの執事の親戚が警官なんだ。アークライド伯爵家でスレッターが捕まったと執事に連絡が入った。本当なのか？」

「ああ。もっとも、スレッターという名前ではなく、ブライルズ男爵だと名乗っていたがね」

「男爵だと？　スレッターは庶民だったはずだが？」

　眉をひそめるラスティンに、ヴァレオは机の引き出しにしまってあったブライルズから受け取った投資依頼の手紙を差し出した。

　手紙を受け取り、文字に目を走らせたラスティンの眦《まなじり》がどんどんつりあがっていく。

「本当だ。確かに男爵を名乗っている。貴族を詐称《さしょう》し、騙そうとしていたのか」

　手紙には自分の会社の事業に投資すれば必ず倍以上になって返ってくること、会社がどんなに成功しているかということが滔々《とうとう》と書かれていた。自分が貴族であるということも明かし、最後には長ったらしい男爵という署名まで記されていた。

「架空の名前なんかで騙されるものか」

「ところが架空じゃないんだ」

ヴァレオは肩をすくめると、ラスティンの手から手紙を受け取った。

「ブライルズ男爵は実在する。貴族名簿にもちゃんと記されているよ」

「なんだって？　聞いたことがないぞ、ブライルズ男爵なんて名前は」

「もう何十年も前に没落した家で、社交界に姿を見せていないからね。スレッターはどこからかそのことを知って、利用しようと考えたんだろう。同じ貴族であれば相手も信用するだろうし、誰もブライルズ男爵の顔を知らないから、詐称がバレることもないと思ったんだろうさ。実際は誰も騙されなかったようだがね」

「当たり前だ」

鼻息荒く言ったあと、ラスティンは唇を嚙み締める。そのスレッターの上手い話に、自分の父親のオルジュ伯爵がころっと騙されて大金を失ったことを思い出したのだろう。

「とにかく、ブライルズ男爵の名前が出てきておかしいと思い調べさせたら、以前貴族たちを騙して姿を消したスレッターだと思われる証拠がいくつも出てきた。だから、事業の欠点をあげつらい、こんな事業に金を出す奴はいないと……要するにバカにした手紙を送りつけて、僕のところに来ざるを得ないようにしたわけだ」

手紙につられてのこのことやってきたスレッターのことを思い出したのか、ヴァレオがクックッと笑う。ラスティンはそれを感心するような畏怖《いふ》するような目で見つめた。

「でも、ラスティン。君には気の毒なことだけど、調べたらスレッターは前の金をほとんど使い果たしたようだ。いくら貸したのかは知らないけれど、以前投資した分を取り戻すのは不可能だと思う」

「……そうか」

ラスティンは苦虫《にがむし》を嚙み潰したような顔をした。そんな彼をヴァレオはちらりと見つめる。その時、扉をノックする音が書斎に響いた。

「失礼します。ヴァレオ様、ワインをお持ちしました」

ティエラだ。ヴァレオの口元に笑みが浮かぶ。

「さすが、ティエラ。実にいいタイミングだ。ラスティン、気を取り直して軽く一杯やろう」

きびきびとした動作でワインをグラスに注いでいくティエラを、ヴァレオは笑みを浮かべて見守った。ラスティンの探るような視線が向けられているのを感じながら。

やがて、ワインの用意を終えたティエラは「失礼します」と頭を下げて、静かに書斎を出て行った。伯爵家の嫡男として肥《こ》えた目を持つラスティンですら文句をつける余地のない、完璧な所作《しょさ》だった。

ヴァレオに促され、ワインを飲みながらラスティンは言いにくそうに口を開いた。

「……今日ここに突然来たのは、スレッターのことを聞いたからだけど、実はもう一つ理由があってのことなんだ。ミス・ルーシャーのことだけれど……」

「ティエラのこと？」

ソファにくつろいだように座り、グラスを傾けながらヴァレオは眉をあげた。ヴァレオが今座っている場所こそ、先ほどまでティエラが腰をおろして膝枕をしていた場所なのだが、それをラスティンは知る由《よし》もなかった。

「彼女は遠ざけた方がいい」

ラスティンが言ったとたん、ヴァレオの纏《まと》う雰囲気が一気に冷たくなる。それに焦って弁解するようにラスティンは続ける。

「別に彼女の能力がどうのというわけではないんだ。女で執事をやっていることをもろ手を挙げて認めるわけではないが、ミス・ルーシャーが立派に務めているのは、この屋敷を見ればすぐに分かる」

「当たり前だ。ティエラは君が考えている以上によくやってくれている。ティエラ以上の執事はいない」

むすっと口を引き結び、ヴァレオは不機嫌そうな声を出す。けれどその言葉に誇《ほこ》らしげな響きがあることをラスティンは気づいていた。

「それは分かっている。だが、僕は友達として忠告しているんだ。早いうちに彼女をこのタウンハウスから離した方が君のためだ」

「ティエラのことは君には関係ないね」

ヴァレオは立ち上がって机の方に向かう。聞く気はない。帰れと暗に告げているのだ。取りつく島もないヴァレオの様子に、ラスティンはふぅっと息を吐いた。

「昨晩、侯爵夫人が主催する夜会に招かれて妹のシャローナを連れて出かけたんだ。そこで何人かと話をしているうちに君とミス・ルーシャーの話題が出た」

「僕とティエラの？」

「このまま放っておけば、その噂は瞬く間に広がるだろう。君の名誉が傷つく前に、彼女を遠ざけた方がいい」

その言葉にヴァレオはじっと机を見つめてしばらくの間何かを考えていたが、やがて顔をあげると、ラスティンに青い目を向けた。

「その噂とやらを聞かせてもらえないか、ラスティン」

第二章　壊れゆく日常

　ティエラは玄関ホールで品のよい初老の女性客を迎えていた。仕立てのよい外出着や立ち居振る舞いなどから、ひと目で貴族と分かる女性だ。

「いらっしゃいませ、マダム・エイブリー」

　笑顔で迎えると、相手はティエラを上から下まで眺めてにっこり笑った。

「こんにちは、ティエラ！　相変わらず美人ね」

「マダム・エイブリーこそ、出会った時とまるで変わっていなくて、いつ見ても若々しいです」

　マダム・エイブリーは、アークライド伯爵家とは先代の頃から懇意にしている領主の夫人で、ヴァレオにとっては家庭教師、そしてティエラにとっては作法の先生にもあたる人物だ。そのため、ティエラの口調もいささかくだけたものになっている。

「そういえばミセス・ジョアンから聞いたわ。詐欺師を捕まえるために矢面《やおもて》に立って、しかも暴力を振るおうとした相手を沈めたんですって？」

家政婦長のミセス・ジョアンとマダム・エイブリーは身分差があるもののよい友人同士で、よく手紙のやり取りをしている。どうやら、先日の逮捕劇のことをマダム・エイブリーにも知らせてしまったらしい。

「ヴァレオ様を守るためです」

「頼もしいのはいいけれど、あなたは女性なのだから、ほどほどにね？　荒事は男性にまかせておけばいいのだから」

コートをティエラに渡しながらマダム・エイブリーは諭すように言ったあと、ふぅとため息をついた。

「それにしても。面白がってあなたに護身術を色々教えたのは主人だけれど、こんなに上達するとは思わなかったわ」

マダム・エイブリーの夫、エイブリー卿は若い頃に趣味で色々な武芸を嗜《たしな》んでいた人物だ。ティエラは執事に正式に採用されてすぐ、女の身でもヴァレオを守ることができるように、教えを請うたのだ。先代アークライド伯爵の口利《くちき》きもあって、エイブリー卿は快諾し、ティエラに護身術を教えた。

つまりティエラは夫人からは淑女としての作法を、そして彼女の夫からは武芸をと、相反することを習ったということになる。

「その一方で、あなたは教師の私が感心するほど誰よりも完璧な淑女になれた。文武両道のあなたもすごいけど、それを見越していたディエゴの先見の明はやっぱりすごいとしか言いようがないわ」

感心するようにマダム・エイブリーは呟くと、玄関ホールの正面にある階段の踊り場に掲げられた先代アークライド伯爵、ディエゴ・アークライドの肖像画に目を向けた。

濃い金髪に青い目。ヴァレオと似た面差しで、こちらをじっと見つめ返してくるその肖像画は、彼が亡くなる十年前に描かれたものだ。

先代アークライドは明るくおおらかで、使用人や友人から好かれる人柄である一方、仕事に関しては容赦なく、時には冷酷だったと聞く。ティエラはアークライド家の仕事にまったく関わりがなかったため、ディエゴの冷徹な部分をついぞ知ることはなかったが、跡を継いで当主になったヴァレオを公私ともに支えるようになった今、その影響力を実感しているところだ。

「そうですね。旦那様……ディエゴ様はとても公平で、素晴らしい人でした。両親も私も先代には返しきれない恩があります」

ティエラは肖像画を見上げて、懐かしそうに目を細めた。

貴族ではないティエラが淑女としての作法をマダム・エイブリーに学ぶようになったの

は、ディエゴの要請によるものだ。

『妻を亡くしてからこの屋敷には女主人がいない。家のことはミセス・ジョアンのおかげで何とか回っても、やはり伯爵家の顔となって客をもてなす女性が必要なのだよ。私に娘がいれば女主人役を任せることができたんだが、生憎と子どもはヴァレオ一人だけ。そこで、モーリスの娘である君にその役目を務めてもらいたいんだ。少なくともヴァレオが妻を見つけるまで』

ディエゴはそう言って、貴族たちに眉をひそめられながらも、女で使用人のティエラを執事にして、アークライド伯爵家の顔にした。ティエラはディエゴの期待に応え、アークライド伯爵家の名に恥じぬように、必死に貴婦人としてのマナーや話術、作法、気配りの仕方などをマダム・エイブリーから学び、周囲に支えられながら女主人の代行を務めてきた。

今のティエラがあるのはディエゴのおかげだ。まさしく彼が育てたと言っていいだろう。

——ディエゴ様が望んだとおりに、ヴァレオ様が奥方様を迎えるまで、このまま……。

ヴァレオが妻を娶れば、この家には本物の女主人が誕生する。その女性がヴァレオを公私共に支えるようになれば、ティエラの役目は本来の執事の範囲に限定されるようになるだろう。

いくらヴァレオがティエラを乳兄弟として特別扱いしても、妻を迎えれば状況は変わってくるに違いない。でもそれでいいのだ。

ティエラの望みはヴァレオの傍にいて彼を支えること。ヴァレオが妻を迎えても、それは変わらない。今度は執事として奥方ともども支えていけばいいだけだ。

——そう。何一つ変わらない。ヴァレオ様に奥方様ができても……。

かすかな胸の痛みを覚えたが、ティエラはそれを振り払うようにマダム・エイブリーに明るく尋ねた。

「それにしても、マダム・エイブリー。今年はいつもより早めに王都にいらっしゃったのですね。毎年社交シーズンの中頃にいらしていたのに」

冬になると、王都は社交シーズンを迎える。

宮殿で女王に仕えている貴族や、ヴァレオのように仕事の都合上王都に居を構えている者を除けば、大部分の貴族は普段は領地にある屋敷に住み、農業の閑散期になる冬になると王都にやってきて社交シーズンを楽しむのが一般的だ。

マダム・エイブリーも例外ではなく、冬の社交シーズンを迎えると王都のタウンハウスに夫や息子夫婦を伴ってやってくるのだ。ただ、いつもは社交シーズンが始まってしばらく経ってからやってくるのに、今年はずいぶん早い段階で王都入りしている。

「少し気になる話も耳に入ってきたから、私だけ早めに来たの。それに、今年は何となく社交界でも色々と動きが起きそうな気がするわ」

「また何かゴシップですか?」

ゆっくり談話室へ案内しながらティエラは尋ねる。本来であれば、使用人のティエラが根掘り葉掘り聞くのはマナーに反することだが、師でもあるマダム・エイブリーにはつい気安くなってしまうのだ。マダム・エイブリーも気にすることもなく、ティエラを使用人というよりは、生徒として扱うためお互い様だろう。

「ゴシップじゃないけれど……私の予想ではシーズン終了の頃に社交界があっと驚くことが起きるのではないかと思っているわ」

「社交界があっと驚くこと?」

「まだ言えないけれど。そのうちティエラにも分かると思うわ」

楽しそうにマダム・エイブリーは笑った。

「いらっしゃいませ。マダム・エイブリー。相変わらずお美しい」

談話室に入ると、先に来ていたヴァレオがマダム・エイブリーを笑顔で迎えた。

「まぁ、お世辞などを言うようになって。すっかり一人前になったのね、ヴァレオ」

「合格ですか、先生?」

「もちろんよ」

親しそうに挨拶を交わすヴァレオとマダム・エイブリーを、ティエラは微笑みながら見守る。

ティエラにとってマダム・エイブリーが作法の教師なら、ヴァレオにとっての彼女は家庭教師だ。子守と家庭教師を兼任していた母のヴァイオレットが亡くなったあと、後任になったのがマダム・エイブリーで、明るくて朗らかな彼女にヴァレオもティエラもすぐに懐いた。

「それにしてもマダム・エイブリー。今年はずいぶん早いですね？」

ソファにマダム・エイブリーを導きながら、ヴァレオは先ほどのティエラと同じようなことを尋ねる。

「気になることがあったから私だけ早めに来たのよ。ヴァレオ、あの悪名高きウェンズリー侯爵が亡くなったのはご存知？」

「ええ。新聞に載っていましたよ」

「病死ということになっていたけれど、アヘンを過剰に摂取して心臓発作を起こしたらしいわ。もともと中毒だったそうよ」

「それは怖いですね」

そう言いながらもヴァレオの表情はまるで変わらない。彼には既知のことなのだろう。

ソファに腰をおろすと、マダム・エイブリーはお茶の用意のために席を外そうとしていたティエラに顔を向けた。

「ティエラはウェンズリー侯爵のことを知っているかしら」

突然話を振られて、ティエラは戸惑いながら答える。

「ディエゴ様とも交流がない方だったので、お顔は知りませんが、お名前だけは存じております」

ウェンズリー侯爵家はオルジュ伯爵家よりさらに古い家柄で、貴族の中でも伝統と格式のある名門中の名門だ。ところが語られる時に「悪名高き」と付けられるのは、当主の振る舞いがあまりに理不尽で非道《ひどう》であるからだった。

使用人に手や足をあげるのは日常茶飯事《さはんじ》で、酷い時には鞭《むち》で打ったりするらしい。気に入らない者はすぐにクビにしたり、紹介状もださずに追い出したりするのはもちろん、女性には性的に暴行を加えたりもしたという。それは使用人だけに留まらず、低い身分の令嬢や夫人をも、地位を楯にして脅して関係を持っていたという話だ。

ティエラは噂話でしか聞いたことはないが、使用人にとってこんなに最悪の主人はいないだろうという見本のような人物だったようだ。

「使用人仲間たちの間では、どんなに高い給料をもらってもあそこでだけは働きたくないとずっと以前から話題になっていました」

「当然ね。彼らも選ぶ権利があるもの」

「父上も害虫のごとく嫌っていた」

　ヴァレオが口を挟む。

「社交界に出入りし始めた若い頃に、新興の伯爵家ということでバカにされたことがあったらしい。あの人、あれでかなり執念深いからね。確か、ウェンズリー侯爵は陛下の耳にその悪い噂が入って宮殿への出入りを禁止されたんですよね。それから転落の一途を辿った」

「ええ。そうよ。あっと言う間に財産を食いつぶして、名門貴族だったのに、代々の当主が築き上げてきたものを、たった一代で地に落としてしまったの。今では存続の危機に立たされているわ」

　侯爵は金遣いも荒かったようで、広大な領地と財産を持っていたはずの身代を数十年の間にすっかり使い果たしてしまった。それで起死回生を狙ってあのスレッターの投資話にのったものの、お金を持ち逃げされてどうにもならなくなってしまったようだ。

「領地を売り、借金を重ねて急場を凌《しの》いでいたようだけど、いよいよクビが回らなくなってしまったところにアヘン中毒が原因の病死。跡継ぎもおらず、爵位はどうなるんだろうとみんな話しているわ」

　基本的にこの国の爵位は直系の男子、しかも長男のみにしか相続権が与えられていない。男児がいなければ、近親者の中で一番直系に血が近い男子が継ぐが、相続人が見つからなければ国に返上して、廃爵という形になる。ただ、何事も例外というものが存在する。

「古い家系などは家を絶やさないように女性にも相続権が与えられている場合もあると聞きます。ウェンズリー侯爵家は名門ですし、古い家柄ですから、特別継承権を王家から与えられているのではないですか？」

思わずティエラが尋ねると、ヴァレオとマダム・エイブリーは一瞬だけ顔を見合わせる。ティエラが怪訝に思っていると、どこか言いづらそうに答えたのはヴァレオだった。

「ウェンズリー侯爵家には確かに特別継承権があったはずだ。だから、女性でも爵位を相続できる。でもウェンズリー侯爵は以前結婚していたものの、子どもはいない。侯爵には妹がいたはずだけど、その女性も行方不明となっている」

「行方不明……」

侯爵の生前の噂を色々と思い出し、ティエラが顔をしかめていると、マダム・エイブリーが言った。

「ウェンズリー侯爵家の令嬢が姿を見せなくなったのはもう二十年以上も前のことよ。妹は病弱だからと社交界にも出さず、行方不明の事実も侯爵がずっと隠していたから、当時はウェンズリー侯爵に殺されたのではないかと密かに噂になったの」

「まぁ」

やはり、という言葉をティエラは呑み込んだ。

「生きていれば彼女が女侯爵になったのでしょうけど。これぱっかりは私たちが気をもんでも仕方ないわ。あ、そうそう、話は変わるけれど、ヴァレオ。あなたが投資を勧めてくれた会社の業績がかなり良いそうよ」

話題が変わったのを機に、ティエラは席を外そうと扉へ向かう。その頭の中はすでにどのお茶をお出ししようかという思いでいっぱいだった。

＊＊＊

ティエラが談話室を出て行き、足音が去るのを確認したマダム・エイブリーはすぐに真剣な表情になってヴァレオを見た。

「ヴァレオ。私が早くに王都に来たのは、幼なじみの夫人からの手紙で、ある噂を知ったからなの。あなたはその噂のことを知っていて？」

「噂？」

ヴァレオは眉をあげる。

「あなたとティエラのことよ。とんでもない不名誉な噂が流れているようよ」

「ああ、僕とティエラのあの噂ですか」

鷹揚《おうよう》に答えると、ヴァレオはにっこりと笑った。その笑顔は一見無邪気そうに見えるが、マダム・エイブリーにはすぐに分かった。彼はすでに分かっているのだ。分かっていてわざと放置している。

「その噂なら、先日ラスティンから聞きました。不名誉な噂をばら撒き、家名を傷つけたいのでしょう。大方《おおかた》、僕かアークライド家の成功を嫉《ねた》む者の仕業《しわざ》かと」

「……それでどうするつもりなの？」

ソファの背もたれに背中を預けながら、マダム・エイブリーはため息混じりに尋ねた。

ヴァレオはますます笑みを深める。

「マダム・エイブリー。先日、僕は二十歳になったんです。父上と約束していた年齢ですよ。二十歳までに結果を出せたら、ということでした。父上が亡くなって二年。充分結果を出せたと思いませんか？」

「そうね。あなたはよくやっているわ。ディエゴの思惑以上に」

「それに、ウェンズリー侯爵も亡くなった。父上が何年もの時をかけてコツコツと準備していたものをようやく出す時が来たのです。今回の噂も考えようによってはいい機会だ。そう思いませんか、マダム・エイブリー？」

マダム・エイブリーはじっとヴァレオを見つめた。見返すヴァレオの青い目には楽しげな光とともに、決然とした思いが浮かんでいた。

「……あなたはディエゴそっくりねぇ」

ふっと微苦笑を浮かべると、マダム・エイブリーは背筋を伸ばして改めてヴァレオを見つめた。

「あなたが決めたのなら、私も夫も異存はないわ。ディエゴの古い友人たちももろ手をあげて賛成するでしょう。根回しは私たちに任せなさい」

そう言ったあと、マダム・エイブリーは釘《くぎ》を刺す。

「……でも、必ずティエラの意思は尊重すること。一人で突っ走るんじゃありませんよ、ヴァレオ」

「はい、先生。ありがとうございます。でもティエラが僕から離れることはありませんから、大丈夫です」

ヴァレオは満面に笑みを浮かべた。

「……その思い込みが心配なのよ」

顔をしかめながらマダム・エイブリーがさらに言い募ろうとした時、廊下の方でワゴンを押す音が聞こえて、彼女は口をつぐんだ。ティエラがお茶を持って戻ってきたのだろう。

ワゴンと足音が部屋の前でぴたりと止まり、そのすぐ後、扉を叩く音が聞こえた。

「失礼します。お茶をお持ちしました」

「どうぞ」

快活に答えたのはヴァレオだった。彼は直前の話を少しも匂《にお》わせることなく、にこやかに笑顔を浮かべてティエラを迎える。

「ありがとう、ティエラ」

「今日はマダム・エイブリーがお好きなセイロンをご用意しました」

「まぁ、ありがとう。嬉しいわ」

ティエラは自分が話題になっていたことも気づかず、お茶の準備を始める。


ずっと続くと信じていた日常。

——その崩壊がすぐそこまで来ていることを、この時のティエラはまだ知らなかった。

＊＊＊

そのことをティエラが知ったのは、マダム・エイブリーの訪問から三日後のことだった。

ヴァレオが貴族院に出かけて屋敷を留守にしている時、突然屋敷を訪れた父モーリスの口から信じられない言葉を聞く。

「私がヴァレオ様の……愛人？　そんな噂が流れていると……？」

呆然となりながら尋ねると、モーリスは難しい顔をしながら重々しく頷いた。

「知り合いの執事から手紙が来て知った。今、社交界ではお前とヴァレオ様のことが噂になっているらしい。お前とヴァレオ様には肉体関係があり、ヴァレオ様は愛人を執事にして傍に置いているのだと」

ティエラは青ざめ、激しく首を横に振った。

「私たちはそんな関係では……！」

「分かっている。だが、事実でなくとも、そんな噂が流れていることは確かだ。当然ヴァレオ様の耳にも入っていると思うが、なぜか放置されているようだ」

モーリスは眉を寄せた。

「た、多分、事実ではないから放っているのだと思うわ。交流のある方たちは私たちがそんな関係ではないと分かっていらっしゃるから……」

自分の手足が震えているのを自覚しながらティエラは何とか答える。執事たるもの動揺を露《あらわ》にしてはならない。そう教え込まれていたため、何とか表だって取り乱すことはなかったけれど、戸惑いは隠せなかった。

――どうして？　なぜそんな噂が？

ヴァレオと自分には肉体関係などない。純粋に主と使用人の間柄だ。なのになぜそんな話が噂として突如流れたのか理解できなかった。

けれど、特別扱いされていることは確かだから、それを知った悪意のある誰かが言い始めたのだろう――二人は男女の関係にあると。

「このままにしておくことはできない。今はまだ社交シーズンが始まって間もないから、そんなに大きな噂にはなっていないが、この先どんどん領地から貴族たちが王都に集まってくれば、大勢の人間がその噂を耳にするだろう。噂が大きくなり、新聞にも書きたてられるかもしれない。推測が事実のように語られることになってしまえば、ヴァレオ様とアークライド伯爵家の名誉が傷ついてしまう」

それからモーリスは厳しい目を娘《ティエラ》に向けた。

「ヴァレオ様が既婚者なら、愛人を持つことは珍しくない。けれど、ヴァレオ様は独身で、これから家のためによりよい結婚をしなくてはならない身だ。既婚貴族が愛人を持つことには寛大でも、結婚前から愛人を傍に侍《はべ》らせる男に娘を嫁がせたいと思う親はいない。ましてや高位の貴族ともなれば、名誉を何よりも重んじる。執事として上流階級の方々と接してきたお前にも分かるはずだ」

「はい……」

ティエラは項垂《うなだ》れる。ティエラがヴァレオの愛人だという噂が広がってしまうと、ヴァレオの結婚にもさしさわりが出てくるのだ。

「まだ噂が小さいうちに何とか消さなければならない。でなければ、私はアークライド伯爵家の家令としてお前にクビを言い渡し、ヴァレオ様から引き離さなければならなくなる」

「なっ……！」

弾《はじ》かれたようにティエラは顔をあげた。

——ヴァレオ様から私を引き離す？　ヴァレオ様のお傍にいられなくなってしまう？

「待って、お父さん！　私はヴァレオ様のお傍でずっと仕えると決めているのです！」

「しかしお前の存在がヴァレオ様の枷《かせ》になるのなら、私は決断しなければならない。それがディエゴ様からアークライド家を託された私の務めだ。お前もアークライド伯爵家に仕える身だから分かるはずだ」

「でも……でも……。私はヴァレオ様と約束したんです！　ずっとお傍にいると……」

ぎゅっと唇を噛み締める。

この家を離れたらもうその約束は守れなくなってしまう。それだけはどうにかして避けなければと強く思いながらも、気ばかり焦って何も浮かばなかった。

——どうしたらいいの？　どうすればヴァレオ様の将来を守りながらお傍にいられるの？

「その約束は知っている。昔からさんざん私やディエゴ様の前でお前たちは確認し合っていたから。今思うとあれはヴァレオ様の牽制だったのかもしれないな」

そこまで言うと、モーリスは疲れたようにため息を吐く。

「……私もこんなことをお前に言いたくはない。いささか依存しすぎだという懸念はあるものの、ヴァレオ様はお前を頼りにしている。ディエゴ様が亡くなってからこの二年間、ヴァレオ様が伯爵として立派にやってこられたのも、公私共に支えるお前の存在があったからだということも分かっているんだ」

「お父さん……」

「だがこの問題はヴァレオ様の将来がかかっている」

断固とした口調に、ティエラは背筋を震わせた。

「お父さん、私はヴァレオ様から離れたくないのです！　どうすればいい？　どうしたらヴァレオ様とこのままでいられるの？」

ティエラはモーリスに縋った。そんな娘を見下ろすモーリスは冷静な声で告げる。

「お前がヴァレオ様の傍にいながら、噂を打ち消す方法はたった一つしかない」

「お父さん……」

モーリスの茶色の目を見上げたティエラは唐突に悟《さと》った。モーリスが最初から答えを用意していたことを。おそらくそれを示したくて「引き離す」などと最初に言ったのだろう。

「……その、方法とは何ですか？　お父さん」

少しだけ冷静になったティエラは落ち着いた声で尋ねる。モーリスはすぅと息を吸うと、あまり大きくはないがよく通る声ではっきりと言った。

「お前が誰かと結婚することだ」

ティエラの目が大きく見開かれる。

「――結婚？　私が？」

「そうだ。お前が結婚して既婚者になればあの噂はすぐに消えるだろう」

「……結婚」

呆然と口の中で繰り返す。まるで思いもしない方法だった。それも当然だ。そもそもティエラは自分が結婚するとは思っていなかったのだから。

「お前と同じくアークライド家に仕える男と結婚すれば、お前は今のまま変わることなくヴァレオ様に仕えることができるだろう。主人の愛人と結婚する使用人などいるはずがない。主人も許すはずなどないからな。そうすれば、噂が嘘だったと分かってもらえるに違いない。どうだ、悪い話ではないだろう？」

……確かに、モーリスの言うとおりだ。噂もティエラが既婚者になってしまえば、真実ではないと判断されて早々に消えていくだろう。それに、同じ家に仕える使用人同士なら、この家を離れる必要もなくなる。現にミセス・ジョアンの夫はアークライド家の料理人をしていて、夫婦そろってこの家に仕えている。

この方法ならば、ティエラはヴァレオとの約束を違えることなく傍にいられるのだ。

――でも、結婚？

「こんな私をもらってくれる人などいるのかしら？」

ティエラは思わず自分を見下ろした。黒い背広に黒いズボン。女の身で男装をして働いている者と結婚したいと思う男性はいるのだろうか？

ゴホンと、咳払いを一つしてモーリスは口を開いた。

「従僕のオズワルドはどうだろうか？」

「オズワルド？」

ティエラの脳裏に、こげ茶色の髪に水色の瞳を持った真面目そうな青年の姿が浮かぶ。

「ああ。年も釣り合っているし、能力もある。誠実な性格だし、有能だ。将来性は私が保証する。それに何より彼はお前に憧れて崇拝しているようだ。まだ彼には話していないが、おそらく二つ返事で受けると思う」

オズワルドと結婚？

ティエラは戸惑う。良い人だとは思うがそういう目で見たことはなかったからだ。

「誰か他にこれという人物がいなければ彼がいいんじゃないかと私は思っている。お前にその気はなかったのは分かっているが、悪い話ではないだろう？　少し考えてみてくれないか？」

——結婚。私がオズワルドと……。

いくら考えてもぴんとこなかった。けれど、ティエラに選択肢はないだろう。こうやってモーリスはティエラの意思を尋ねてくれるが、誰かと結婚しなければ彼女がヴァレオの傍にいるという道は残されないのだ。

結婚するか、ヴァレオから離れるか。二つに一つだ。

ティエラは顔をあげてモーリスを見つめた。オズワルドに申し訳なく思いながら口を開く。

「……分かりました。オズワルドが私でいいと言うのなら、結婚します。彼と」

出たのはとても小さくて掠《かす》れたような声だった。けれど、その言葉をしっかり受け止めたモーリスはホッと安堵の笑みを浮かべる。

「そうか……。すまないティエラ。だが、これが一番いい方法だろう。それにな、これは親のエゴだが、お前が結婚を決心してくれたことを私は喜ばしく思っている」

ティエラを見下ろしてモーリスは微苦笑を浮かべた。

「お前はヴァレオ様に仕えるために一生結婚はしないと決めていて、私もそれを黙認していたが、やはり結婚して女としても幸せになって欲しいと考えていたんだ。ティエラが幸せになれること……お前のお母さんはそれを最期《さいご》まで願っていたから」

「お父さん……」

思いもかけず母の気持ちを聞かされて、ティエラは親の愛情を嬉しく思うと同時に申し訳なく思った。

モーリスは典型的な仕事第一の人間で、ティエラと接している時は父娘というより執事と部下、長じて後も家令と執事という関係の方が長かったため、どこか普通の親のようには思えない部分があった。だが親ならば、結婚しないという娘を心配し、幸せになってもらいたいと願うのは当然だ。

ティエラはモーリスの少し照れたような顔を見上げる。すると、白いものが交じり始めた髪に気づき、ティエラは何だか泣きたくなってしまった。

ぴんと伸びた高い背中。いつでも冷静で家令の鑑《かがみ》のような父はティエラにとって憧れで目標だった。

けれどいつまでも高いところにいると思われた父も、弱音を吐くし、感情を露にすることもあるし、年を取るのだということが、今はじめて身にしみて分かったのだった。

「こんな形になってしまったが、お前にはヴァイオレットの分まで幸せになってもらいたいんだよ、ティエラ」

「お父さん……」

アークライド家のために父と母が協力し合い、支え合っていた姿を思い出して、ティエラは結婚するのも悪くないと思い始める。思い出の中の父母の姿に、自分の将来を見たような気がしたのだ。

オズワルドと一緒に手をたずさえてアークライド家を盛りたてていく……それはティエラの望んでいた未来とは少し違っていても、目指す方向は同じに思えた。

「アークライドの屋敷《カントリー・ハウス》に戻ってオズワルドに話をしてみるよ。彼の承諾が得られたら、ヴァレオ様にも事情を説明して結婚の許可をいただかなければな」

モーリスはそう言って、王都に来たその足で領地の屋敷に帰って行った。

——もしオズワルドと結婚が決まったら、ミセス・ジョアンはきっと大喜びするでしょうね。

しきりにオズワルドを勧めていたミセス・ジョアンのことを思い出して、ティエラは苦笑を浮かべる。

きっと誰にとってもこの形がいいのだ。大切なヴァレオの足を引っ張ることなく、父も皆も喜ぶ。ティエラを押しつけられるオズワルドは気の毒だが、彼には断ることもできるのだから。

——これでいいのよ。これで。

そう心に言い聞かせながら、ティエラは仕事をするために仕事部屋へ向かった。


それから五日後、父モーリスからティエラのもとへ、オズワルドがティエラとの結婚話を承諾したという報告の手紙が届いた。

遅れてその三日後、結婚を楽しみにしていると書かれたオズワルドの手紙が届き、ティエラは逃れられない運命に、そっと瞑目《めいもく》したのだった。

＊＊＊

ティエラは父とオズワルドからの手紙を前に深いため息をつく。

結婚の話はモーリスとオズワルドの間で着々と進んでいるようだ。本当だったら社交シーズンの今は避けるべきなのだろうが、噂を早く鎮めるためにはティエラの結婚を早めた方がいいのだという。

ヴァレオの許可を得て、彼の予定が空けば、すぐにでもアークライド領に戻ってもらい式を挙げたい。オズワルドからの手紙にはそう書かれていた。

けれど、ティエラはこの期に及んでも、まだヴァレオに結婚のことを伝えられないでいた。機会がなかったわけではない。ヴァレオはいつも仕事に行く前か仕事から帰ってきた夜に必ずティエラと話す時間を取るからだ。

でもなんと言えばいいのだろう？

勝手に結婚を決めてしまったが、ヴァレオのことだ。急な結婚話の真相を話せば、きっと「結婚などする必要はない。噂なんて勝手にさせておけばいいんだ」と言い出すだろう。だがそれに甘んじるわけにはいかない。何とか彼がティエラの結婚に罪悪感を覚えないで済むようにしなければ。

そう考えてつい延ばしてしまっているが、ヴァレオの気持ちを軽くするような上手な伝え方など思い浮かばなかった。このタイミングで結婚が決まったと知ったら、ヴァレオは即座に自分が原因だと気づいてしまうに違いない。

やはり一番いいのは、彼にそれを勘付《かんづ》かせないように、自分が望んでオズワルドと結婚するのだと思わせることだろう。それは難しいことではない気がした。オズワルドは好青年で、女性の使用人たちの間ではとても人気がある。

モーリスの遣いとしてたびたび顔を合わせて、話をしているのだから、そこから好意を抱くようになったのだと言えば不自然ではない。

——今夜、ヴァレオ様が屋敷に戻ったら言おう。

決心して、手紙を私室の机の引き出しにしまった時だった。性急なノックの音とともに、従僕の一人が現れて慌てたように言った。

「ミス・ティエラ！　旦那様が突然お帰りになりまして！　そして、その……ミス・ティエラがどこにいるかとお尋ねになっています」

「こんな時間にヴァレオ様が？　私を？」

ティエラは目を丸くしながらも、部屋を出てヴァレオの私室へと急ぐ。

今日のヴァレオの予定は午前中も午後もいっぱいで、帰ってくるのは夜になるはずだった。それなのに、こんな昼過ぎにもう戻ってくるなんて、何かあったのだろうか？

「ヴァレオ様、ティエラです」

ヴァレオの部屋の前にたどり着くと、ティエラはノックをして声をかけた。ティエラは執事という立場上、唯一ヴァレオの部屋に返事を待たずに入室することを許されているのだが、なぜか今は勝手に入ることが憚《はばか》られた。

「入って」

ティエラが入室の許可を待っていることに気づいたらしく、少し遅れて中から短い返答があった。思わずティエラは眉を寄せる。ドア越しの声ですぐに分かった。ヴァレオは何かに腹を立てている。

「失礼します」

深呼吸すると、ティエラは扉を開けて中に入った。ヴァレオはコートこそ脱いでいたが、上着は着たまま窓の近くに立って外を眺めていた。ティエラが入ると、不機嫌そうな目で振り向く。ティエラは不安にかられながらも声をかけた。

「お帰りなさいませ、ヴァレオ様。こんなに早くにお戻りになるとは思っておりませんでした」

「仕事どころじゃなかったんでね。午後の予定はすべてキャンセルしたよ」

「ヴァレオ様、何かあったのですか？」

「大ありだ」

吐き捨てるように言うと、ヴァレオは窓から離れてティエラの前までやってくると、手にしていた手紙を差し出す。

「今朝送られてきた報告書に交じっていた。読む暇がなかったから、事務所の方で読んだんだよ」

そういえば今朝、モーリスから報告書が送られてきていたことをティエラは思い出す。領地管理に関する定期の報告書だった。毎朝郵便物を仕分けるのはティエラの仕事で、大きな封筒に入ったその書類をヴァレオに渡した記憶がある。

「もしかして……父からの手紙ですか？」

モーリスからの報告書の中に入っていたとなれば、それは父からの手紙に違いない。その手紙をヴァレオから受け取って封筒に目を落としてみれば、案の定、そこには見慣れたモーリスの文字があった。

「ああ。でも内容は領地のことじゃない。君のことだ」

「私のこと……？　まさか……」

弾かれたように顔をあげる。モーリスがティエラのことを手紙に書くとなれば、それは一つしかない。

すっとヴァレオは目を細める。

「そうだ。君とオズワルドの結婚の許可を求める内容だった」

「あ……」

「これは、本当なのか、ティエラ？　オズワルドと結婚するというのは……」

「ほ、本当です」

答えたとたん、目の前のヴァレオから冷たい怒気のようなものが流れてくるのを感じて、ティエラはごくりと唾を飲み込んだ。

気のせいではない。ヴァレオは酷く怒っている。けれど、それをできるだけ抑え込んで出さないようにしているだけだ。

「結婚、だって？　オズワルドと？　……でも君とオズワルドは仕事の話しかしたことがなかったはずだ」

奇妙なことにヴァレオの口調は静かで優しい響きさえ帯びていた。けれど、ティエラにはその言葉の奥で怒りが渦巻いているのが分かった。

「それは……オズワルドはとても良い方ですし、女性にとっては良い結婚相手かと」

「良い方、良い結婚相手、ね」

ヴァレオは面白くもなさそうに笑うと、ティエラの手からモーリスの手紙を取り上げて、封筒ごと真っ二つに裂いた。

「ああ！」

「こんなの許可するわけないだろう？　大方あの噂がモーリスの耳に入ってこんなことを

考えたんだろうが、心配は無用だ。あんなバカげた噂など放っておけばいい」

さらに細かく手紙を裂くと、ヴァレオは紙くずになったそれをゴミ箱に放り込んだ。

「違う、違うんです！」

ティエラは首を横に振った。彼女は必死だった。もしこのまま噂を放置してヴァレオの結婚話に影響が出るようになれば、モーリスは必ず二人を引き離すだろう。それだけはどうしても避けたかった。

「噂は関係ありません！　私がオズワルドと結婚することを望んだのです！　か、彼を愛しているから」

口にしたとたん、ヴァレオの様子が変わった。その顔から一切の表情がなくなる。それを見たティエラの背筋にゾクッと冷たいものが走った。

「ヴァレオ、様……？」

「約束を破るつもりなの、ティエラ？」

淡々とした口調だった。まだ怒りの声をあげてもらった方がましだったかもしれない。

「違います。約束を破るつもりはありません！　これからも私はヴァレオ様のお傍におります！」

ティエラはいつもとまるで違うヴァレオの態度に怯えながら、否定する。

約束を守りたいからこその結婚だ。けれど、それをヴァレオに言うことはできない。

「結婚するのに？」

「結婚しても、お傍を離れるつもりはありません。オズワルドと夫婦二人でヴァレオ様にお仕えするつもりです」

「それのどこが『離れるつもりはない』なの？　結婚するということは、僕から離れることだ」

突然、ヴァレオは無表情を崩《くず》して昏《くら》く笑った。

「……いや、絶対に認めない。ティエラは僕のものだ。約束を破るなんて許さないよ」

ヴァレオは言うなり、ティエラの手首を摑んで私室から寝室へと続く扉の方に歩き始めた。引きずられるように歩きながら、ティエラは激しく動揺していた。

自分の言葉の何がヴァレオをこんなに怒らせたのか分からなかった。

「ヴァ、ヴァレオ様？　一体何を……」

「約束を破ろうとする人間にはお仕置きが必要だろう？」

「ヴァレオ様!?」

寝室の扉を開け放ち、ティエラを引きずったまま、ヴァレオは部屋の中央に鎮座する大きなベッドにまっすぐ向かった。そしてベッドの前まで来ると、ティエラの手を放し、彼女の上着《ジャケット》のボタンに手をかけた。

「ヴァ、ヴァレオ様？」

「ティエラが悪いんだ。僕から離れようとするから。本当はもっとゆっくり進めるはずだったのに」

　言いながらジャケットだけでなく中に着ていたウェストコートのボタンまで外してしまうと、ヴァレオは両方とも一度にティエラの身から引き剝がすように脱がせ、床に放った。

「皺《しわ》が……」

　何が起こっているのか、ヴァレオが何をしようとしているのか理解できず、ティエラは瞬きをしながら呆然と呟く。ヴァレオがくすっと笑った。

「こんな時に皺の心配かい？　でも皺なんてすぐに気にしていられなくなるよ」

ヴァレオはそう言うと、トンとティエラの肩を押した。

「え？」

　ぐるんと視界が回転し、ティエラの身体は後ろ向きに倒れてベッドに沈んだ。すぐさまヴァレオがのしかかる。

「ヴァレオ様!?　一体何を……？」

「何をだって？　ティエラは本当に分からないの？」

　クックッと笑いながらヴァレオはティエラの両手首をまとめて片手で押さえつけ、もう片方の手でシャツのボタンを次々に外していく。

「君を僕のものにする。そうしたら君は僕から離れていかないよね？」

——君を僕のものにする？　まさか……。

ティエラは目を見開いた。

ここにきてようやくティエラはヴァレオの意図を悟る。ヴァレオはティエラを抱こうとしているのだ。

「お、お待ち下さい、ヴァレオ様！　私は……！」

ティエラは混乱していた。状況は理解できたものの、訳が分からなかった。

——なぜ？　どうして？

どうして突然ヴァレオはこんなことを始めたのだろう？　オズワルドのことを好きだと言ったから？　ヴァレオはそれを、ティエラの一番が自分ではなくなるのだと思って怒ったのだろうか？

動揺している間にも次から次へとシャツのボタンはヴァレオの指で外されていく。

やがて、とうとうすべて外されてしまい、左右に開かれた前身ごろからヒンヤリした空気をむき出しになった鎖骨に感じて、ティエラはぶるっと震えた。

ベッドに縫いとめられた手を外そうと思っても、ヴァレオの力は考えていた以上に強くビクともしない。

これが男の力なのか。主であるのと共に弟のように思ってきたヴァレオの「男」の部分を見せつけられて、ティエラの中で動揺が広がった。

「……や、やめてください、ヴァレオ様っ。私は……」

縋るように見上げると、ヴァレオの青い目と視線が合った。そこに熱っぽい光が宿っていることに気づいてティエラは息を呑む。それは欲情をたたえた目だった。

家令という当主夫妻に次ぐ地位にあるモーリスの娘だったからか、長く過ごしたアークライド領の中で、ティエラに対して不埒なマネをする男はいなかった。ディエゴの客の中には身体に触ってくる者はいたし、モーリスの目の届かない場所で強引に誘ってくる男もいたが、貞操《ていそう》の危機を覚えるほど危険な目に遭ったことはない。それにそういう輩はすぐにディエゴの客ではなくなり、二度と屋敷にやってくることはなかった。

そうやってティエラは父やディエゴ、そしてヴァレオの庇護のもとで守られ続けてきたのだ。だからだろう。自分の身体を意識することも、性の対象として見られることにも疎《うと》かった。

それが今、一番大事に思っていたヴァレオに押し倒され、欲望に満ちた目で見つめられている。ティエラは心底怯えた。「男」の目で自分を見ているヴァレオが怖いと思った。

「やめて、ください……」

震える声で訴える。けれど、ヴァレオの手は止まらない。シャツのボタンを外し終えたヴァレオの手が、シュミーズにかかり、ぐっと押し下げる。隠されていた乳房がまろび出てひんやりとした空気にさらされた。

「あっ……！」

白いふくらみの片方を、ヴァレオの手が捉える。柔らかな肉を掬《すく》い上げられ、まるで捏《こ》ねるように揉《も》まれるたびに、ティエラの身体がビクンと反応した。色づいた先端が急速に硬くなっていく。

「ティエラ……」

「ひゃ……っ」

露になった首筋にヴァレオの息がかかる。濡れた唇の感触が肌を滑り、ぞくっと全身が粟立《あわだ》つのを感じた。

「やっ、やめてください、ヴァレオさ……」

尖った胸の先端を摘まれて、ティエラは言葉にならない悲鳴をあげた。指でコリコリと擦りあげられ、爪で引っかかれ、じりじりと熱を帯びていく。

「……ぁあ……」

弄《いじ》られているのは胸なのに、なぜかヴァレオが手を動かすたびにお腹の奥がきゅんと痛み、熱くなっていく。たまらなくなって、落ち着かなげに腰を揺らす。

「ん、あ……んぅ……」

首筋を嬲《なぶ》っていた唇と舌が、ティエラの肌を濡らしながら胸の方まで滑り落ちていく。唇がもう片方の胸の先端を包みこんだ瞬間、自分とは思えない声が鼻から抜けていった。

「あ、んンっ……！」

それは自分の耳にも甘く聞こえた。

——私……。これは、何？

抑えようと思っても、ヴァレオの手と唇が動くたびに勝手に零れ落ちていく。ティエラは自分の反応に怯えた。

一方ヴァレオはティエラの反応に気をよくしたらしく、胸の先端に歯を立ててきつく吸い上げながら転がす。ティエラは喘ぎ声を漏らしながら叫んでいた。

「ひ！　やぁ、ゃ、……ち、違うんです！　ヴァレオ様のお傍にいるために、私はオズワルドと結婚することを選んだのです！」

言わないはずの言葉が口から飛び出していた。ティエラが離れていかないことが分かればヴァレオはやめてくれるのではないかと、そう考えたのだ。

「……どういうこと？」

ティエラの胸元にうずめていた顔をあげ、ヴァレオが問う。ティエラは生理的な涙で潤《うる》んだ瞳をヴァレオに向けて、途切れ途切れに言った。

「私と、ヴァレオ様の、不名誉な噂が流れて、いて。それを消すために私が結婚するほかないと、父が……」

「やはりそうか」

不機嫌そうにヴァレオは眉を寄せた。ティエラから手を放し、上半身を起こしながら舌打ちする。

「あんな噂などたいして影響ないのに、モーリスめ。余計なことを」

「だ、だから、私はヴァレオ様から離れるつもりは、なくて。これからも、ずっとお傍にいるために……ヴァレオ様!?」

起き上がり、ようやく自由になった手でシャツの前身ごろを掻《か》き合わせたティエラは、突然伸びてきた手に仰天する。ヴァレオはティエラの手をどかすと、ボタンの外れたシャツに手をかけて、腕から抜き取った。続いてシャツだけでなく、シュミーズも強引に引き剥がしていく。

唖然《あぜん》としている間に、上半身に何も纏っていない姿にされてしまったティエラは、ヴァレオの手が次にズボンのボタンを外そうとしていることに気づいてうろたえる。

「やっ、どうして……!」

——私がヴァレオ様から離れないと分かったはずなのに、なぜ?

ティエラはヴァレオのために自分が結婚しようとしているのだと分かれば、やめるだろうと思っていた。なぜならそれでヴァレオはティエラが自分から離れていかないと分かるはずだから。だから口にするつもりのなかったことまで言ったのに。

しかしヴァレオの手は止まらない。ティエラの手をなんなく避けると、ズボンのボタンに手をかける。

「女性の服はボタンがいっぱいだし、コルセットやペチコートだのも身につけているから面倒だけど、やっぱり男の服装はいいね。とても脱がしやすい」

楽しげにそんなことを言いながらボタンを外していく。

やがてヴァレオの手がズボンと一緒にドロワーズまで剝ごうとしているのを悟り、ティエラは慌てて彼の胸を両手で押しのけた。

「やめてください、ヴァレオ様！　どうして……っ」

「どうしても何も、やめるつもりは一切ないからだよ、ティエラ」

ヴァレオはティエラの肩を摑み、再びベッドに押し倒しながら酷薄な笑みを浮かべた。

「だって君は僕のためと言いながら結婚しようとしているんだろう？　だったら僕も手段を選んでなどいられない」

「ヴァレオ様……？」

「僕はね、ティエラ。君をずっと僕の傍に置くために頑張《がんば》ってきたんだよ。なのにどこの馬の骨とも分からない奴が突然現れて横取りしようとしている。許せるわけないだろう？　だからもう二度とそんなことが起きないように僕は自分のものに印をつけることにしたんだよ」

言いながら、ヴァレオはズボンに手をかけていた手をすっと上に滑らせて、むき出しになっている滑らかな皮膚をそっと撫でた。そこはお臍《へそ》の下で、ちょうど子宮のある位置だ。

ゾクリと、何かがティエラの背筋を這い上がっていく。

「ティエラ。君に僕の印をつけよう。誰にも奪われないように、心にも身体にも、僕の所有印を刻みこんであげる」

「ヴァレオ様！　やめっ……！」

手が再びティエラのズボンにかかる。ティエラは首を左右に振った。

「だめです！　やめてください！」

このままでは、噂の通りになってしまう。もし公になったらティエラは否応なくヴァレオと引き離されてしまうだろう。それだけは嫌だ。

ティエラは右手を持ち上げてぐっと握った。

武芸の師匠だったエイブリー卿からはこんなふうに組み敷かれた場合に相手を退ける方法をいくつも教わっている。しかもティエラの両手は自由で、今ならいくらでも相手の弱点をつくことができる。昏倒《こんとう》させることも、悶絶《もんぜつ》させることも可能だ。

一方、ヴァレオの両手はふさがっている。片手はティエラの肩を押さえ、もう片方の手は彼女のズボンと下着を剝ぎ取ろうとしている。

だから一撃でいい。ティエラなら一撃でヴァレオを退けることができるだろう。

でも……。

自分にのしかかるヴァレオを見上げるティエラの目にじわりと涙が浮かんだ。

相手はヴァレオだ。昔は弟のように慈しみ、二人の母親たちが亡くなったあの悲しみのあとは、傍にいて守るべき大切な主となったヴァレオなのだ。その彼に手を上げることはできない。髪の毛一筋たりとも傷つけることはできなかった。

振り上げた拳が力を失い、シーツに落ちていく。と同時にティエラの眦から一筋の涙が零れ落ちた。

「ティエラ……」

きっと気づいていたのだろう。ヴァレオは、抵抗をあきらめたティエラから手を放し、彼女のうなじに差し入れて持ち上げると、顔を寄せた。

「僕のものになって」

唇が触れる寸前、そう囁いた直後、ヴァレオはティエラの唇を激しく奪った。

「んっ……！」

開いた唇をさらに割ってヴァレオの舌が入ってくる。驚いて引き離そうと肩を押すが、ヴァレオの身体はビクともしなかった。その間にもヴァレオの舌は逃げようとするティエラの舌を捕らえ、絡みつくようにこすり合わせていく。

「んぅ……んんっ……」

舌の合わさるざらざらとした感触に、ティエラは身体の奥からぞわぞわとした疼《うず》きが湧き上がってくるのを感じた。下腹部が熱くなり、じわりと何かが染み出してくるのが分かる。

「……ふぅ……んく……ん……」

ぴちゃっと合わさった部分から水音が漏れる。自分のものともヴァレオのものとも分からない唾液が口内を満たし、思わずごくんと喉を鳴らして嚥下《えんげ》する。すると、ヴァレオの舌の動きがさらに激しくなった。

歯列を舌でなぞられ、上顎をくすぐられ、ぞくぞくとした震えがつま先から頭の先まで駆け上がっていく。そのたびに手足の力が抜けていくようで、ヴァレオの肩を押しのけようとして添えた手も、もはや縋っているようにしか見えない。

「ふぁ……んん……」

頭の芯がぼうっとなって、何も考えられなくなった。

キスを中断してヴァレオが顔をあげる。ティエラを見下ろし、濡れた口元をほころばせた。

「すごく気持ち良さそうな顔をしてる。ティエラ、キスが気に入った？」

その言葉に反応する間もなく、ヴァレオの唇は再び、熱っぽく疼くティエラの唇に重なった。ティエラはヴァレオの舌を嬉々として受け入れる。

陶然《とうぜん》となりながら、夢中で舌を絡ませていたティエラは気づかなかった。己のズボンもドロワーズもずり下げられ、膝下でかろうじて引っかかっているだけになっていることを。

「……んぅ……!?」

いきなり、両脚の付け根に触れられ、ティエラはハッと我に返る。次の瞬間、蜜壷にぐっと指を押し込まれるのを感じて、目を見開きながら悲鳴を放った。けれどそれはヴァレオの口の中に吸い込まれるように消えていく。

「……んんっ！　んぁぁ！」

痛みよりも、異物感の方が激しかった。ティエラは身体を硬直させ、無意識にお腹に力を入れて隘路に押し込まれるその異物を拒絶する。けれど、ヴァレオはティエラの中から染み出していた蜜液を纏わせながら、そんなささやかな抵抗などなかったかのように指を押し込んでいった。

「ん、んぅーー！」

ティエラはヴァレオの口の中に悲鳴を放ちながらも、その指から逃れるために腰をずらそうとする。けれど、中途半端に脱がされたズボンが邪魔をして上手く足が使えない。さらに後頭部をヴァレオにがっしりと摑まれて固定されているために、動くことがかなわなかった。

ゆっくりと動き始めた指をなす術もなく受け入れる。

ヴァレオの長い指がティエラの内壁を擦りあげていく。痛かったのは最初だけですでに痛みはない。けれど、違和感は消えず、探るような指の動きにますます異物感が増していくようだった。

ヴァレオはティエラの胎内を指で犯し、舌で口の中を犯す。優しく宥《なだ》めるように、時にはティエラの官能を掻きたてるように舌で愛撫し、一方で、指は未開の蜜路を我が物顔で拓《ひら》いていく。気持ち良さと不快感とが同時にティエラの無垢な身体を襲い、翻弄《ほんろう》する。

けれど、その両極端な感覚の天秤が一気に快感の方へ傾く瞬間があった。いや、ティエラにとってそれは気持ち良いと言えるものではない。けれど、ヴァレオの指がある一点に触れたとたんに、ビクンと反応せずにはいられなかった。

「んぁ……！」

腰を跳ね上げさせながら、ティエラはヴァレオの口に中に喘ぎ声を漏らす。胎内の奥がキュンと収縮し、甘い痛みが手足にまで波のように広がっていく。とぷんと奥から蜜が溢れてきて、ヴァレオの手とシーツを濡らした。

――これは、何？

自分の反応が怖くなり、じわりと涙が浮かぶ。

反応せずにはいられなかった場所に再びヴァレオの指が触れた。それは一度で終わらずに、何度も繰り返される。

「ん、んく、んんっ、ふぁぁ、ん」

じゅぷじゅぷと水音を立てながら指で執拗《しつよう》に一点を擦りあげられ、そのたびにまるで陸に揚《あ》げられた魚のようにティエラの身体が波打った。

やがて、何かがどんどん内側からせりあがって来るのを感じてティエラは怯えた。けれど、容赦のない指の動きに、心とは裏腹に身体はどんどん高められていく。

「んん、んんっ」

目の前がチカチカし、急速に膨《ふく》れ上がった何かがティエラの中で一気に弾けた。

「んんっ――――！」

ヴァレオの口の中に甘い悲鳴を放ち、背中を反らしながらティエラは絶頂に達した。ビクビクと華奢な身体が小刻みに震える。膣壁が蠢《うごめ》き、呑み込んだままの指を締めつける。その感触を楽しみながらヴァレオは顔をあげて、はぁはぁと荒い息を吐くティエラを見下ろした。

全身をほんのり赤く染めて、しっとりとしてきたティエラの肌からは「女」の香りが匂い立つようだった。ヴァレオのために自分を厳しく律し、執事に徹してきたティエラが初めて女の性に屈した証だ。

「ティエラ……」

その香りに煽られたヴァレオは、顔を寄せてティエラの頬に軽いキスをしたあと、蜜壷に差し込んだ指をそっと引き抜く。ちゃぽんと濡れた音を立てながら抜かれていくその感触に、ティエラはぶるっと震えた。

安堵の息をついたティエラは、ふとヴァレオが自分の膝に引っかかるように残っていたズボンとドロワーズを引き下ろそうとしていることに気づく。

ぼうっとしていた頭が急に鮮明になった。

――だめだわ。このままでは……！

ティエラは処女だが、一般的な知識として男女の交わりがこれで終わりではないことを知っていた。でもこれ以上の行為をヴァレオにさせてはならない。使用人に手を出したなどと広まれば、ヴァレオの評判は著しく落ちてしまう。

とにかく寝室を離れなければ。ティエラの姿が見えなくなれば、ヴァレオも少しは冷静になっていつもの彼に戻ってくれるに違いない。

力の入らない身体に鞭打って寝返りをうち、四つんばいになると、ティエラはベッドの上を這《は》い、ヴァレオのいる反対の方から降りようとした。ところがベッドの端にたどり着く寸前、ティエラの逃亡に気づいたヴァレオはすかさず捕まえ、のしかかるように彼女の動きを封じてしまう。

「あっ……」

「だめだよ、ティエラ。逃がすと思うかい？」

うつぶせのティエラを自分の体重でベッドに押さえ込みながら、ヴァレオはやれやれという声を出す。

「だめ、だめです!」

必死になってティエラは首を振った。そんなティエラのむき出しになった背中に手を這わせながらヴァレオはクスッと笑う。

「何がだめなの? ティエラの身体だってこんなに僕に抱かれたがっているのに」

敏感な背中を撫でられ、ゾクゾクと背筋を震わせながらティエラは否定する。

「そんな、ことはありません。私は……」

「ああ、ちょうどいいものがある。ほら、見てごらん、ティエラ」

ヴァレオは何かを見つけて突然そう言い出すと、後ろからティエラの顎をくいっと持ち上げて、ある場所を示した。

「ほら、ご覧よ、ティエラ。今の自分をその目でしっかりと見るがいい」

そう言われて目を向けたティエラは息を呑む。

ベッド脇の壁には備えつけの大きな姿見があった。そしてそこに、うつぶせのままヴァレオに半ばのしかかられている自分の姿が映っていたのだ。

――これは誰?

ついさっきまで一分《いちぶ》の隙もなく整えられていた髪が乱れ、ピンから零れ落ちていた。頬は紅潮し、唇は濡れて、黒い瞳は涙の名残で潤んでいる。何より衝撃的だったのはその表

情だ。どことなく気だるげで、それでいてどこか物欲しげな表情を浮かべているように見える。

「あ……」

鏡の中には淫らな反応を抑え切れない「女」の姿をした自分がいた。

――まるで、娼婦のよう。

ティエラはぶるっと震えた。すると鏡に映った女も身体を震わせる。

その姿を、ヴァレオが鏡越しに愉悦の笑みを浮かべて見つめていた。

女の――ティエラの反応を何一つ逃すまいと。

「い、いや……」

信じたくはない。けれど、鏡は知りたくもなかった事実をティエラに突きつけていた。

しかも、自分は素肌を晒《さら》しているのに、ヴァレオは何一つ脱いでいない。その対比にもティエラは強い羞恥を覚えた。男性用の服に身を包み、女という性を感じさせないように振る舞ってきたティエラにとって、この状態は耐え難かった。

「ねぇ、ティエラ。どんなに自分がいやらしい姿をしているか、分かっている？」

「や……言わないでください……！」

ティエラの目に涙が浮かぶ。

そんなこと、ヴァレオに言われなくても分かっていた。ヴァレオの指と舌に弄られた胸の先端は尖り、シーツに擦られて痛いようなムズ痒いような感覚を送り込んでくる。指を入れられた蜜壷はヒクヒクと疼き、今も新たな蜜を零し、シーツを汚している。

そう。ヴァレオの言うとおり、ティエラの身体は彼の与えた淫悦にしっかり反応を示していた。

「ほら、よく見ているんだよ、ティエラ。淫らな自分の姿を」

ヴァレオは背中を撫でる手をすっと下に滑らせた。白く丸い双丘を優しく撫で下ろし、その間に指を差し込む。

「あっ……！　くっ……ぅ」

ティエラは、一本の指がお尻の間をツーッと滑り下りていく感触に、ぐっと歯を食いしばった。指は後孔を過ぎ、たっぷりと濡れた蜜壷に到着する。すると彼は躊躇することなくそれを中にぐっと押し込んだ。

ぬぷんと濡れた音を立てて、指が埋まっていく。さっきまで受け入れていたせいか、今度は痛みもなくヴァレオの指を受け入れていく。

「あ……ん、は……」

鏡の中の女が切なげに眉を寄せながら薄紅色の唇を開き喘ぐ。次に、ティエラは自分の嬌態《きょうたい》を見せつけられ、鏡の中の女の顔が泣きそうに歪むのを見た。

「も、う、いや……」

これ以上淫らな自分の姿など見たくはなかった。けれど、顎を押さえるヴァレオの手はティエラに目を逸らすことを許さない。いやおうなくヴァレオの手淫に反応する自分を見せつけられる。

感じる場所を擦られ、ビクンと腰を揺らしながら嬌声をあげる自分を。

二本に増やされた指の動きに合わせて身体を震わせながら喘ぐ自分の姿を。

そしてそのすべてを、鏡を通してヴァレオの青い目が見つめていた。

「あっ、んン……ぁあ、あ……」

寝室にティエラの鼻にかかったようなこもった声が響き渡る。

やがて、胎内を犯す指が三本になった時には、ティエラの頭は麻痺し、何も考えられずにただ身体に与えられる快感を享受《きょうじゅ》していた。

涙の膜が張った目で鏡を見ると、絶え間なく声を漏らしながら陶然とした顔で見返す自分がいた。もうティエラの顎にヴァレオの手はかかっていない。

そのヴァレオはティエラの蜜壷をぐちゅぐちゅと音を立てて犯しながら、滑らかな背中や小高い双丘をキスで啄《つい》ばみ、唇を滑らせていた。

「ぁあ、ん……ふぁ……ぁっん、んんっ」

くすぐったい感触に肌が粟《あわ》立ち、それがやがて疼きとなってじわじわと皮膚に浸透していく。唇に触れられた部分が熱かった。

「嬉しい誤算だったよ」

チュッと音を立ててティエラの肩にキスを落としながらヴァレオが笑う。

「ティエラがこんなに敏感で、これほど快感に弱かったなんて。凛々しい女執事に憧れている連中に今のティエラを見せつけたら、何て言うかな。まぁ、奴らにそんな機会は与えないけどね」

ティエラは鏡を見つめながらヴァレオは何を言っているのだろうとぼんやり思う。思考がまとまらなくて、彼の言葉の意味をよく摑めないでいた。

「ねぇ、ティエラ。僕以外に絶対この身体を与えてはだめだよ。もちろん、オズワルドにもね。分かったかい？」

ティエラの耳に歯を立てながらヴァレオが囁く。その言葉になんと答えたかティエラは分からない。頷いた気もするし、はいと返事をした気もした。

「そろそろ、大丈夫かな」

呟きと共に、ヴァレオは蜜壷に呑みこませていた指を、ぬちゃと音を立てて引き抜いた。

「あ……」

吐息のような喘ぎ声を漏らし、ティエラは力なくシーツに顔をうずめる。空洞になった蜜壷はひくつき、子宮は疼いて熱を帯びていた。荒く息を吐きながらその熱を鎮めようとしていたティエラは、すぐ近くで衣擦れの音がしていることに気づかなかった。

やがて、ヴァレオの手が腰にかかり、ティエラはひっくり返された。仰向けになった彼女の目に飛び込んできたのは、服を脱いでティエラと同じく一糸纏わぬ姿になったヴァレオだった。

ヴァレオは筋肉隆々とまではいかないものの、一見細身ながら適度に筋肉のついた身体をしていた。甘い容姿のため、そうは見えないが、着替えを手伝うことの多いティエラは知っている。詐欺を働いたスレッターのように、投資を断ったとたん逆上する客も少なくない。そのため、最低限自分の身は守れるようにと身体を鍛えているのだ。

その綺麗に筋肉のついた身体が目の前にあって、青い目は欲望をたたえてティエラを見下ろしていた。ベッドに横たわったままその目に魅入られていたティエラは、ヴァレオの手が太ももにかかったところでハッとなった。

ぐいっと左右に割り広げられて、濡れた秘裂にヒンヤリと冷たい空気が当たり、ティエラは動揺する。今自分がどんな状況にいるのかようやくまともに考えられるようになったのだ。

蜜口にぐっと太いものが押し付けられるのを感じて、ティエラは慌てて頭をあげた。そして、ヴァレオの浅黒く膨らんだ肉茎の先端が、己の蜜に濡れた花弁を掻き分けてぐっと突き刺さろうとしているのを見てしまった。

「いくよ、ティエラ。僕のものになって」

「やめて、ヴァレオ様、それは……あああ！」

制止しようとしたティエラの声が途中から悲鳴に変わる。ヴァレオの腰がぐっと前に出され、太い部分がティエラの隘路を広げながら胎内にずぶずぶと沈んでいく。

「痛っ……あ、くっ、あ、やぁ……！」

裂かれるような痛みはすぐにやってきた。いくら解《ほぐ》されたっぷり濡れていても、指とは太さも質量もまるで違う。身体の中心を熱い鉄の鑢《やすり》でごりごりと抉《えぐ》られていくような気がして、痛みと酷い圧迫感でティエラは息もできなかった。目の前が激痛で赤く染まっているかのようだ。指で弄られた時に感じていた快感はすっかり遠ざかっていた。

「狭《せま》っ……」

何かを堪えるようにぐっと眉を寄せるヴァレオの胸をティエラは押しのけようとした。けれど繰り返された愛撫によって力の入らない手は、空しくシーツに落ちていく。

「や、あ、抜いて、くださ……あ、くぅ」

涙を流しながらティエラは首を横に振る。そうしている間もずぶずぶとヴァレオの楔《くさび》はティエラの蜜壷の中に埋まっていく。ティエラは何とかシーツに爪を立てながらお尻でずりさがり、ヴァレオから身を離そうとした。けれど、そこはすでにベッドの端に近く、手を滑らせて落ちそうになる。頭から落ちかけた時、ヴァレオがティエラの細い腰を摑んで、ぐっと己の腰に押し付けた。

「ああっ！」

次の瞬間、パンッと何かが引きちぎられたような振動が全身に響いた。ティエラは刺すような鋭い痛みに一瞬息をつめ、それから震えるような吐息を吐いた。

「ほら、ティエラ。全部入ったよ」

その声に、ティエラは自分の腰がヴァレオの腰とぴったり合わさっていることに気づく。ドクドクと自分ではない鼓動が胎内から響いていた。

「これでようやく君は僕のものだ」

うっすらと笑みを浮かべてヴァレオが言う。

――ああ、とうとう……。

ティエラの目から涙が零れ落ちていった。痛みのせいでも生理的なものでもない。ヴァレオとの関係がこれまでとは変わってしまい、もう元には戻れないことを嘆く涙だった。

けれど悲しみにくれている暇はなかった。ゆっくりと律動が始まったからだ。ずるっと音を立てて、太いものが抜かれ、また押し込められる。内臓を圧迫する苦しさと、痛みの治まらない膣壁を擦られる辛さにティエラは唇をかみしめて耐える。

「ごめん、少しだけ我慢してティエラ。すぐに良くなるから」

ヴァレオはそう言うと、ゆっくり腰を回しながらティエラの胸に片手を伸ばした。ぴんと立ち上がった先端を指先で弄んでから、柔らかな肉を摑んで揉みしだく。そしてもう片方はもっと下に滑らせて、花弁のすぐ上にある尖った花芯に触れた。

びくんとティエラの身体が跳ねた。

「……ん……はぁ……」

忘れかけていた快感がじわりと戻ってくる。奥から蜜が零れ始め、繋がった場所から粘着質な音が立ち始める頃、ティエラの胎内では変化が起こっていた。痛みが治まり、代わりにヴァレオの太い部分で内壁が擦られる時、そしてぐっと抉られ先端が奥に届いた時、痺れるような快感が背筋を駆け上がるのを感じた。

「あン、はっ……あぁ、んんっ」

大きく開かれた足のつま先がシーツを掻く。

「すぐに良くなるって言っただろう、ティエラ?」

クスッと笑いながらヴァレオは腰を強く叩きつける。

「ああっ……!」

ずんと胎内の奥を楔の先端に抉られて、ティエラはたまらず背中を浮かせ、頤《おとがい》を反らした。が、そこには受け止めるための柔らかなマットはなく、ティエラの頭はベッドの端から出てしまう。

けれどヴァレオはティエラが落ちそうになっているにもかかわらず、律動を止めなかった。皮肉にもティエラはヴァレオに腰を摑まれ、彼の楔を身体の中心で受け止めているせいで落ちずにすんでいるのだ。

「あんっ、んぁ……っ」

顎を反らしたまま喘いだティエラは、その時ふと目を開け、飛び込んできたものに目を瞬かせた。すぐにそれが何であるか悟り、顔が羞恥に真っ赤に染まった。

「あっ……やっ……」

ティエラが見たもの。それは、先ほど秘部を弄られている時にも見た鏡だ。まだ明るい日の光が差し込む寝室の鏡には、頭だけベッドの端からのけ反らせて落ちそうになっているティエラと、惜しげもなく裸体を晒しながらティエラを組み敷き苛んでいるヴァレオの姿が逆さに映っていたのだ。

ヴァレオの動きに合わせてベッドがぎしぎしと音を立て、揺れている。それを鏡は余すところなくティエラに見せつける。

手足をベッドに投げ出し、秘裂にヴァレオの欲望を受け入れて、喘いでいる自分を。

「あっ……ああっ……!」

鏡の中で逆さまのティエラが真っ赤な顔で黒い目を見開いて自分を見返していた。この赤みは頭に血がのぼったという理由だけではない。

羞恥と共に背徳感が背筋を駆けあがる。その拍子にヴァレオを受け入れている内壁がきゅっと蠢いて怒張を締めつけた。顔をあげたヴァレオがティエラの見ているものに気づいてフッと淫靡な笑みを浮かべる。

「ティエラ。もしかして君はこういうのが好きなの？　自分が犯されているのを見るのが」

「違い、ます！」

顔を左右に振ってティエラは否定する。けれど鏡に映ったヴァレオに責められている自分を見た時、背筋を走ったのは嫌悪でなかったことは確かだ。

「でもね、君のここはそう言っているよ。自分の姿に興奮してきゅっと締め付けて、僕を搾り取ろうとしている」

自分とティエラが繋がっているところに指を這わせながらヴァレオはクスッと笑みをもらす。

「ねぇ、そのうちティエラが僕を受け入れるのに慣れたらさ、鏡の前でしようか。鏡の前で君を膝の上に乗せて、繋がったところがよく見えるように愛し合うんだ」

「そんな……そんなことやめてください……」

ティエラはその時の光景が脳裏に浮かんでしまい、思わず息を詰めた。ヴァレオが腰を動かしながらにやりと笑う。

「ああ、ほら。また締め付ける」

「ああんっ！」

甘い声を響かせてティエラは背中を反らせた。奥の感じる場所をずんと小突かれたからだ。子宮から痺れるような快感が広がり、全身が戦慄《わなな》いた。ぎゅぎゅと胎内が蠕動《ぜんどう》し、中の肉茎に絡みついていく。

「っ……」

その動きにヴァレオは息を呑むと、激しく腰を打ち付けてティエラをさらにせめ立てる。ギシギシとベッドが軋み、肌がぶつかる音が響き渡る。ティエラは揺さぶられながら、身体の奥から悦楽の波がせりあがって来るのを感じた。

ヴァレオの動きがどんどん速く、激しくなっていく。ティエラは鏡を見る余裕もなくし、ただ嬌声をあげながら、ヴァレオの猛った楔を受けとめていた。

思考はとりとめをなくし、やがて白く塗りつぶされていく。

「はっ……あン、んんっ、や、ああぁっ！」

目の前で火花が散って、大きな波が内側から押し寄せ、すべてを流していく。

「ぁぁああっ！　ヴァレオ、様ぁ……！」

たまらずヴァレオの肩にしがみつき、甘い悲鳴をあげながらティエラは絶頂に達した。

「ああっ、あ、ぁああ……はぁ、ぁ」

絶頂の余韻にビクビクと身体を震わせながら、ティエラの媚肉がパンパンに膨らんだ肉茎を熱く締めつける。まるで射精を促しているように。それに応えるように腰を強く打ち

つけながら、終わりの近いヴァレオは熱い吐息とともに言葉を吐き出した。

「中に出すよ、ティエラ。しっかり受け止めて」

その言葉にティエラはハッと我に返る。

「だ、だめです！　それは、それだけは……！」

イヤイヤと首を横に振る。子種を中で受けたら、孕《はら》んでしまうかもしれない。それだけは避けなければならなかった。なのに、まるでティエラの言葉など聞かなかったかのようにヴァレオは微笑む。

「僕と君の子どもなら絶対に可愛いだろうね」

「ヴァレオ様！　お願いです！　中に出しては、だめ……あっ」

ティエラの哀願が途中で途切れる。ヴァレオが一際強くティエラの中を穿《うが》ったからだ。中の怒張がさらに膨らみ、そして弾けた――。

「くっ……」

「あ、ああっ！」

腹の奥に熱い何かが広がっていく。

――ああ、なんてこと……！

ティエラの目の前が絶望で黒く染まった。

「ティエラ。全部受け止めるんだよっ……」

腰をティエラに押し付け、ヴァレオはすべての白濁を彼女の膣内に吐き出す。ティエラの子宮は流し込まれる子種を、美味しそうに飲み込んでいった。

やがて、ヴァレオはティエラの中から自身を引き抜くと、ティエラを掻き抱いた。

「これでティエラは僕のものだ」

「ヴァレオ様……なぜ……どうして……！」

震えながらティエラは自分の上にいるヴァレオに詰問する。ヴァレオはティエラの唇にチュッと音を立ててキスをしてからにっこり笑った。その笑顔は明るいのに、どこかほの暗さを孕んでいた。

「言っただろう？　所有印を刻むって。もうこれでティエラは誰とも結婚できない。僕から離れていかない」

「ヴァレオ、様……」

「モーリスに返事を書こう。ティエラをオズワルドと結婚させることは許さないって。そしてもう二度と噂なんかを気にしてティエラに結婚を強要するなと釘をさしておいてあげるからね。だからこれからもティエラは安心して僕の傍にいるといい。今後僕らを引き離す者があったら、僕が排除する」

「ヴァレオ様……」

ティエラの目からポロポロと涙が零れる。ヴァレオはそんなティエラをぎゅっと抱きしめ、首すじに顔をうずめた。
「ティエラ。約束だよ。ずっと傍にいるって。だから……僕から離れないで」
「やく、そく……」
――『ティエラ。ティエラは僕を残してどこにも行かないよね』
――『もちろんです。ティエラはずっとヴァレオ様のお傍におります』
――『約束だよ。離れていかないで。僕の横にいて』
――『はい。ヴァレオ様』
脳裏に幼い頃のことが浮かんだ。母親たちを流行り病で亡くし、自分のもとに残ったティエラを失うことに怯えていたあの頃のヴァレオが。
――ああ、そうか。そうなのだ。
唐突に悟る。ヴァレオはあの頃と同じなのだ。結婚することでティエラが自分から離れてしまうことを恐れ、なりふり構わず自分のもとに留まらせようとしているのだ。
――これは男女の愛じゃない。姉弟愛でも主従愛でもない。子ども心に芽生えた執着心に過ぎないのだ。
それが分かっていながら、ティエラはヴァレオを見放せない。突き放せないのだ。こんなことをされて、ヴァレオを憎んだっておかしくないのに、ティエラの一部が、こんな手段を取ってまで自分を求めてくれるのだということに、喜びを感じている。

「分かりました。これからもずっとお傍に、おります」

震える声でティエラは答えた。ヴァレオがホッと安堵の表情を浮かべる。

「よかった。ティエラ、約束だからね」

「はい。ですからもうこのようなことは……」

言いながら、ティエラはヴァレオの身体の下から抜け出そうとした。ところが、すかさず両肩を押さえつけられて、身動きが取れなくなる。その時、腰に当たっているヴァレオの一部が未だに硬さを保っていることに気づいて、ティエラは目を見開いた。

「ティエラ。君が僕から離れようとしたこと、僕に黙ってオズワルドなんかと結婚しようとしたことを、まだ許したわけじゃないんだよ？」

「ヴァレオ様？」

「もう二度と僕から離れようなんて考えないように、ティエラをしつけないといけないね。何度も何度も印を上書きして、その身体に刻み込んであげる。——君は僕のものだってことを」

「え？　……あっ、いやぁ！」

脚を開かされ、白濁と蜜と破瓜の血で濡れたそこに、再びズンと猛《たけ》りを打ち込まれる。

ティエラはその衝撃に声をあげながら、背中を反らした。

――この日、ティエラは何かがガラガラと崩れ落ちる音を聞いた。
それは、ずっと続くと思っていた日常が壊れる音だった。

第三章　それぞれの思惑

地平線から顔を出した太陽の光がアークライド邸に当たっている。屋敷の一角では目を覚ました使用人たちがすでに動き始めていた。

その小さな喧騒も、当主であるヴァレオの寝室には届かない。奥まった場所にあり、主が寝ていればひっそりと静まり返っているはずのそこには、女性の喘ぎ声が響いていた。

「あっ……んっ……」

カーテンのすき間から朝の日の光が差し込み、部屋を照らしている。薄暗いその中で、部屋の中央に置かれた天蓋付きのベッドの上では、一糸纏わぬ姿のティエラが仰向けになったヴァレオの上にのっていた。

ぎこちなく腰をゆすりながら、ティエラは哀願する。

「おね、がいです、ヴァレオ様……もう……」

終わりにして欲しい。そう紡ぐはずだった言葉は、ずんっと突き上げられて喉の奥に消えた。

「ああっ……！」

甘い悲鳴が零れ、ティエラは子宮から駆け上がってくる法悦を、背中を反らしながら受け止める。ヴァレオの屹立を呑み込んでいる部分がきゅっと収縮し、きつく締めつける。じわりと胎内から蜜が溢れ、昨夜から受け止め続けている白濁と共に滴り落ち、下肢を汚していく。

唇を噛み締めて、甘い余韻を抑え込もうとしているティエラを見上げ、ヴァレオは目を細める。その青い瞳には情欲と同時に愉悦の光が浮かんでいた。

「朝からティエラをこうして抱けるなんて、最高だ」

ヴァレオは、目を潤ませ、はふはふと荒い息を吐くティエラをうっとりと見上げている。その手は逃がさないとでもいうようにティエラの腰をがっちりと摑み、猛った屹立に押し付けている。ティエラは自分の重みとヴァレオの力によって、胎内の最奥で彼の楔を受け止めさせられているのだ。

今朝に限ったことではない。昨夜も寝酒を届けに寝室に来たところをベッドに押し倒されて、一晩中むさぼられていた。そのせいで、ティエラはまったく自室に戻れていない。

わななく唇でティエラは訴える。

「ヴァレオ様……お願い、です……私、仕事をしなければ……」

本来であればティエラはもう起きだして新聞にアイロンをかけたり、使用人たちが仕事をちゃんとしているかどうか監督しなければならない。けれど、ベッドをそっと抜け出そうとしたところを目を覚ましていたヴァレオに捕まり、こうして昨晩の情事の続きを強要されている。

「仕事なんて他の人間に任せればいい。ティエラの仕事は僕の傍にいて僕を悦ばせることだ」

「そ……んな……こと、できません……私はこの家の、執事、なのですから」

ふるふると首を横に振るティエラを楽しそうに見上げながら、ヴァレオはわざとらしく言った。

「ティエラは真面目だものね。いいよ、僕が満足したら今は放してあげる。だから、ほら、ティエラ。教えたように動かさないと。いつまで経っても終わらないよ？　そうなったら不審に思った使用人たちがここに来るかもしれない」

「そ、それは……」

もし誰かがヴァレオを起こしに来て、声を聞かれたら——そう思うと、ゾッとした。なのに、身体は逆の反応を示す。背徳の悦びに震えてティエラの胎内がぎゅっと収縮した。

「あ、今、ティエラの中が動いたね。使用人に知られることを考えて感じちゃったの？

淫乱だね」

「ち、違っ……」

けれど、口ではそう言いながら、ティエラの胎内はヴァレオの言葉にまるで応じるかのように熱く動いて剛直を締め付ける。ティエラの顔が泣きそうに歪んだ。

――ああ、私の身体はおかしくなってしまった……。

半月前までは男を知らない身体だった。なのに、ヴァレオに処女を奪われ、毎日のように情事を強要されて、白濁を受け止めていくうちに、どんどん淫らになってしまった。

ヴァレオに触れられれば――いや、あの熱を孕んだ青い目で見つめられるだけで、濡れるようになってしまった。あんなに最初はヴァレオの屹立を受け止めるのが大変だったのに、今は痛みなどなく、容易に彼を奥深くまで呑み込めるようになった。

「ほら、どうするの、ティエラ？　使用人の前で僕の子種をここにいっぱい溜め込んでいる姿を披露するかい？」

昨夜からの情事のなごりでやや重たい下腹部をすっと撫でながら、ヴァレオはティエラを追い込んでいく。

ティエラは首を横に振ると、目を潤ませ、羞恥に頬を赤く染めながら腰を動かしてヴァレオの屹立に擦り合わせる。中でいっそう膨らんだヴァレオの楔が奥をゴリゴリと抉り、ティエラの目の前にチカチカと火花が散った。

「あ、はぁ……ん！　奥、が……あっ」

「ティエラは奥を弄られるのが好きだものね。もう腰砕けかい？　仕方ない。今朝は僕がしてあげるよ」

言うなりヴァレオは激しく突き上げ始めた。ヴァレオの動きに合わせて身体が弾んでは、ぐちゅんという粘着質な水音を立てて屹立の上に沈んでいく。そのたびに感じやすい奥を叩かれて、ティエラはヴァレオの上で悶えた。

「あ、あ、あっ。ぁああ！」

ビクンと大きく背中を反らせ、ティエラは何度目かの絶頂を味わう。しばし腰の動きを止め、ティエラの呼吸が整うのを待っていたヴァレオは、再び突き上げ始めた。

「んんっ、あ、は、ぁっん、んン、あ、やぁ、激し」

突き上げに合わせて淫らに揺れる胸のふくらみを下から掬うように揉みしだかれて、奥から湧き上がってくる甘い痺れにティエラは再び絶頂の波が来ていることを悟る。達するたびに身体の感度があがるようで、どんどん間隔が短くなっていくのだ。

「ああっ、また、来るっ……ああああ！」

寝室に嬌声を響かせて、ティエラは再び絶頂に達した。でも今度はヴァレオの方もティエラが回復するのを待つ余裕はなかったらしい。何度も熱く締めつけてくる媚肉に屈して、ティエラを一際強く突き上げると、胸のふくらみをぎゅっと摑んだまま中に白濁を放った。

「あっ……あ、んぁ……！」

ビクンビクンと腰を震わせながら胎内に広がる熱を、ティエラは背中と頤を反らせて受け止めた。

――ああ、また中で出されてしまった。

覚めやらぬ絶頂の余韻の中で、ティエラは一筋の涙を零すのだった。


朝の情事のあと、疲れてうとうととまどろんでいたティエラは、ハッと目を覚ました。慌てて隣を見るが、ヴァレオの姿はすでにない。ベッドサイドのテーブルの上にある時計に視線を向けると、ヴァレオがいつも起きる時間をとっくに過ぎていた。

きっとティエラが寝ていたので、起こさず自分で支度をしていったのだろう。

使用人が手伝わなければ着替え一つもおぼつかない貴族も大勢いる中にあって、ヴァレオは人の手をまったく借りずに支度を済ませることができる稀有《けう》な存在だ。

執事とヴァレオの世話係を兼任しているティエラが、必要最低限しか支度を手伝えないことも多いためだ。別の従僕の世話になるくらいならと、ヴァレオは必要なことを自分でするようになったらしい。

今朝も、誰の手を借りることもなく服を身につけ、仕度をし、仕事と日課をこなしていることだろう。

ティエラは「はぁ」とため息をつくと、ベッドから立ち上がる。その拍子に両脚の付け根からじわりと何かが零れ落ちるのを感じて、眉をひそめた。昨夜から遠慮なくヴァレオに注がれた白濁だ。子宮で受け止められなかった分が染み出してきているのだ。

余裕があれば風呂に入って指で掻き出したいところだが、時間的にそれは無理だ。ただでさえ、寝坊していつもの仕事をこなせていないのに。

ひとまず両脚の付け根を布で拭うと、ティエラは部屋の隅に置かれていた自分の服を手に取り、素早く身につける。髪をピンで留め、あの鏡で自分の姿をチェックすると、ティエラはヴァレオの寝室から出た。

だが、ヴァレオの私室の扉から廊下に出たとたん、ティエラはちょうど向こうから歩いてきたミセス・ジョアンと鉢合わせをしてしまう。

「お……はよう、ティエラ」

「……おはようございます、ミセス・ジョアン」

「今日は何か特別な予定はあったかしら？」

「特になかったはずです。あ、ただ、午後にラスティン様がいらっしゃるご予定になっているようです」

交わす言葉がどことなくお互いぎこちない。ティエラがヴァレオの部屋から出てくる光景は珍しくないが、今この時間に出てくる意味を、おそらくミセス・ジョアンも分かっているのだろう。気づまりになってティエラは目を伏せる。そんなティエラを見るミセス・ジョアンも何か言いたそうで、心配そうに彼女を見つめている。

けれどそれをお互い口には出せず、ティエラとミセス・ジョアンはヴァレオの部屋の前で仕事の話だけをして別れたのだった。

ミセス・ジョアンの姿が見えなくなると、ティエラはふぅとため息をつく。

二人の情事のことを、おそらく屋敷の使用人たちは気づいていることだろう。いくら人払いをしていても、ヴァレオの部屋の前を通れば、中で二人が何をしているかすぐに分かる。それに洗濯女中は、毎日出されるシーツに情事の跡が色濃く残っていることに当然気づいているだろう。

ミセス・ジョアンだけでなく、他の使用人たちも心配そうに自分を見ていることに、ティエラは気づいていた。でも予想に反して誰も何も言ってこないところを見ると、もしかしたらヴァレオが彼らに何かを言ったのかもしれない。そのおかげで二人の関係はまだ外部に漏れることなく済んでいるのだ。

みんなに心配をかけていることを申し訳なく思うのと同時に、ティエラは居たたまれなくなった。主人との情事に溺れる執事など、迷惑でしかない。上に立つ資格なしだと糾弾《きゅうだん》されてもおかしくないだろう。そうならずに済んでいるのはヴァレオとミセス・ジョアンがみんなをまとめてくれているおかげなのだろう。

立ち止まり、ティエラはそっと服の上からお腹を押さえた。この手の内側には今もまだヴァレオの白濁が残っていて、歩くたびにじわりと染み出てくる。

――私は、執事失格だ。

思わず自嘲が漏れた。この服を脱いでしまえば、ティエラはヴァレオの愛人でしかない。主の求めるままに欲を受け止め、淫らに腰を振る娼婦だ。皮肉にも今、まさにすべての発端であるあの噂の通りになっている。

もしそのことを告発されれば、ティエラには何も申し開きはできないだろう。

本来であれば、ヴァレオとの関係を断ち切り、どこかに去るのがヴァレオの――いや、この家のためなのだろう。けれど、ティエラはヴァレオを思い切ることができない。

許されないことだと分かっていながら、ヴァレオから離れたくなかった。


「いらっしゃいませ、ラスティン様。お待ちしておりました」

ティエラは玄関先でラスティン・オルジュを出迎えた。

「こんにちは、ミス・ルーシャー。お邪魔するよ」

ラスティンも卒《そつ》なく受け答えをする。

「ヴァレオ様は応接室でお待ちしております。ご案内いたしましょう」

「よろしく頼む」

これだけならよくあるやり取りだった。ところが、今日は少し違い、応接室へ案内している途中で、ラスティンが声をかけてきた。いつも必要最低限しかティエラと話そうとしないラスティンにしては、かなり異例のことだった。

「ときにミス・ルーシャー」

「はい？」

「聞き及んだところによると、ミス・ルーシャーはアークライド家で従僕をしている青年との結婚話が出ていたと聞いていたんだが……」

どうしてラスティンがティエラの個人的なことを聞きたがるのかと首をかしげかけて、ティエラは理解した。要するにティエラの結婚が決まったら、ヴァレオから引き離せると思ったのだろう。

だが生憎と、その結婚話は立ち消えになっている。モーリスも「ヴァレオ様が反対されるなら仕方ない」と静観《せいかん》の構えだ。

ティエラは控えめに微笑みながらラスティンに答えた。

「それが、父が進めてくれた話なのですが、結局色々あってなしになりましたわ」

「……そうか。残念だったな」

て先を促す。

ラスティンが顔をしかめる。本当に残念そうだ。ティエラはそれに気づかないフリをし

「ラスティン様、応接室はこちらです」

応接室に到着すると、ヴァレオがラスティンを出迎えた。

「ラスティン。出迎えられなくてすまなかったね」

「いや、色々と忙しいのに急な相談に応じてくれて感謝する」

ティエラはヴァレオの姿を見ただけで下腹部にツキンと甘い痛みを覚え、トロリと蜜と白濁が胎内から零れ落ちる感触に内心ひやりとしていた。

午前中は遅れた仕事を取り戻すのに忙しく、お風呂に入る時間はおろか、下着を取り替える時間すらもなかったのだ。これ以上濡れたらズボンまで汚れてしまう。

動揺を押し隠しながらティエラはにこやかに声をかける。

「それではのちほどお茶をお持ちいたします」

「ああ、ティエラ。ちょっと」

頭を軽く下げて退出しかけたティエラは、ヴァレオに呼び止められて振り返る。ヴァレオはティエラの耳元に口を寄せて小さな声で囁いた。

「ラスティンが帰ったあと、僕の部屋に来なさい」

ドキンと心臓が大きく脈打つ。それは執事としての用件ではないだろう。頬がうっすら

と紅に染まっていくのが分かった。でも同じ部屋にはラスティンがいて、こちらをじっと見つめているのだ。決して気取《けど》られてはならない。ティエラは平静を保って頷いた。

「承知いたしました」

それからすました顔で部屋を退出していく。だから、ティエラのその後ろ姿とうっすらと笑みを浮かべたヴァレオの姿を交互に見て、ラスティンが怪訝そうに眉をひそめたことには気づかなかった。

＊＊＊

「……さて、ラスティン。突然夕べ連絡してきて、相談したいことがあるとは一体なんのことだい」

ティエラの姿が見えなくなると、ヴァレオは何かを思案しているラスティンに声をかけて、ソファに座るように促しながら尋ねた。

「あ、ああ。そのことなんだが……」

ラスティンはソファに腰かけながら答える。

「十日後に行われるヘルディ伯爵家の舞踏会、もし君も行く予定があるなら妹のシャローナのエスコートを頼めないかと思って。僕が行く予定だったんだが、あいにく用件ができてしまってね。でも妹は行くのを楽しみにしているものだから……」

「十日後のヘルディ伯爵家か……」

ヴァレオは記憶を探り、思い当たることがあったようで、すまなそうに肩をすくめた。

「申し訳ないが、僕もその日、先に商談が入ってしまっていたのでヘルディ伯爵家の招待はお断りさせてもらっているんだよ。役に立てなくて申し訳ないね」

「そうか……それじゃ仕方ないな」

気落ちしたように肩を落とすラスティンをヴァレオは慰めた。

「まぁ、レディ・シャローナならば、喜んでエスコートしたいと思う貴族男性はいくらでもいるさ」

「ああ、そうだね。他をあたってみるよ」

ふぅとため息をついて、ラスティンは立ち上がる。

「それじゃ失礼するよ。突然悪かったね」

「あれ？　もう帰るのかい？　まだ来たばかりじゃないか。ティエラも今お茶の用意をしているはずだし……」

「ミス・ルーシャーにはすまないと伝えてくれ。申し訳ない。父上が先日体調を崩して領地に戻ってしまってから、その名代で色々忙しいんだ」

やれやれと肩をすくめて、ラスティンはぼやく。

オルジュ伯爵は先日持病が悪化し、夫人を伴って領地に戻ってしまった。今王都の屋敷にいるのはラスティンと妹のレディ・シャローナだけだ。そのため、オルジュ伯爵家の細々《こまごま》とした実務は伯爵の名代としてすべてラスティンが肩代わりしているのだ。

「そうか、大変だな」

「いや、名代ではなくて、伯爵家当主ともなるともっと大変だろうさ。それをちゃんとこなしている君は改めてすごいと思ったよ」

普通の伯爵としての仕事の他に、ヴァレオは投資の仕事までやっているのだ。実務の数はラスティンがこなしているよりはるかに多いはずだ。

ヴァレオはにっこり笑った。

「僕のところにはティエラという優秀な執事がいるからね。もちろん、モーリスも補佐してくれるし」

「そのミス・ルーシャーだが……」

ティエラの名前が出たところで、ラスティンは探るようにヴァレオを見つめて尋ねた。

「君たちの間は一体どうなっているんだ？」

「どうなっている、とは？」

首をかしげながらヴァレオは尋ねる。質問を返されて、ラスティンは言いにくそうに告げた。

「……何だか、前とは少し違っているように見えた気がしたんだ」

「そうか……」

くすっとヴァレオは笑うと、ソファの背もたれに悠然《ゆうぜん》と背中を預けながら突然言った。

「ねぇ、ラスティン。どこの家にも探られたくないことの一つや二つはあるものだよね？」

「え？」

「それを探られたくなければ、忠告しておくよ。僕とティエラのことには関わらないでくれ」

ハッとラスティンは目を見開く。

「まさか、君たちは……。二人の雰囲気が変わったように思えたのは……」

「ラスティン。警告はしたよ」

笑顔で制されて、ラスティンは口を噤《つぐ》む。けれど、懸念は彼の心の中で大きくなっていた。

ラスティンと入れ違いで、ワゴンを押したティエラが応接室に現れる。

「ラスティン様は？」

「ああ、彼なら今帰ったよ。この後も用事があるらしい。君にすまないと伝えてくれと言っていた」

「そうですか。それは構いませんが……」

ティエラは言いながら二人分のお茶とお菓子ののったワゴンを見つめる。残ったこれらをどうしようかと考えているのだろう。ヴァレオはティエラに近づき、そっと後ろから抱きしめながら言った。

「僕たち二人でいただこう」

気づかれないように耳の後ろにつけた赤い所有印《キスマーク》にそっと舌で触れながらヴァレオは付け加える。

「……僕の寝室で」

とたんに腕の中の身体がぶるっと震えた。けれど拒絶はない。当然だ。ティエラはヴァレオを拒否できない。彼が生まれた時からそうなるように長い年月をかけて作られてきたのだ。

アークライド家の、ヴァレオのための存在――それがティエラだ。でもそんなものはどうでもよかった。父の思惑すら、彼にとってはティエラを得る手段でしかない。

「好きだよ、ティエラ。ずっと僕の傍にいて。離れないで」

こうやってヴァレオは何度も何度もティエラを己に縛りつけてきた。それはこれからも変わることはないだろう。たとえ、互いの立場が変わったとしても。

「……はい。ヴァレオ様」

小さい声がヴァレオの耳を打つ。彼にとってはなじみの心地よい返事だった。

――可愛くて哀れなティエラ。

彼女の運命はヴァレオが十二歳の時からもう決まっているのだ。

＊＊＊

ラスティン・オルジュは深い懸念を抱いたままオルジュ伯爵家の邸宅《タウンハウス》に帰宅した。

彼はヴァレオがティエラを特別視することにかねてから危惧を抱いていた。ラスティンは、使用人と主人との間には越えられない身分差があり、互いの領分を侵すべきではないと考えている人間だ。

貴族は貴族と結ばれるべきだし、庶民は庶民と結婚すればいい。だからティエラ・ルーシャーに従僕との結婚話が持ち上がったと聞いたときは、ようやくヴァレオの目を覚ますことができると思ったものだ。

でも結婚話はなくなり、あの二人は恐れていた通り、抜き差しならぬ関係になっているようだ。もし噂が本当だと社交界に広まれば、ヴァレオの評判は著しく損なわれるだろう。

そうなる前に何とか友人を正しい道へ戻さなければならない。

そう決意して父の執務室へ向かった彼は、執事の手からヴァレオのことよりもはるかに重要なものを渡されるのだった。

その、オルジュ伯爵家の収支報告書を手に、ラスティンは青ざめる。

「何ということだ。由々しき大問題だ。このままでは名門オルジュ家は……」

「はい……」

執事も青ざめている。オルジュ伯爵の右腕だった彼は伯爵家が抱える問題を誰よりもよく分かっていた。伯爵は決して家族には言わないようにと緘口令《かんこう》をしいたが、これはもはや伯爵一人が背負える問題ではないのだ。

伯爵の持病だった喘息《ぜんそく》が悪化し、領地に戻らなければいけなくなったのを良い機会と捉え、執事は次期伯爵であるラスティンに打ち明けたのだ。作成したばかりの収支報告書を手に。

崩れるように椅子に腰をおろしながら、ラスティンは疲れたような口調で執事に尋ねる。

「原因は……スレッターの投資詐欺か？」

「それだけではございません。その損を取り戻そうと無理な投資話に密かにつぎ込んでいらっしゃったのです」

「ばかな！　貴族が投資になど手を染めてどうするというのだ！」

ラスティンはバンと机を叩く。彼は貴族の本分は領地や領民を管理することであり、金儲けのための仕事を持つなどもってのほかだという古い考えを持っていた。伯爵になってまだ数代のアークライド家ならともかく、名門のすることではないと。

「スレッターの時も僕が知っていれば、絶対に投資などさせなかったものを！」

だがあいにくとその投資詐欺にオルジュ家が巻き込まれた時、ラスティンは寄宿舎に入っていて、知ったのはスレッターが逃亡したあとだったのだ。

「起こってしまったことは仕方ありません。ひとまず今打てる手を考えないとなりません。領地から得られる収入が減っている現状、この先もますます酷くなることが予想されます」

「……そうだな。何か策はあるか？」

先ほどの激昂はすぐさま消え、また疲れたような表情がラスティンの顔に刻まれていた。たった十分の間に何歳も年を取ってしまったかのようだ。

執事は重々しく頷く。これは前にも執事がオルジュ伯爵に進言したが、拒否された案だった。

「この王都の邸宅《タウン・ハウス》と土地を売るしかないかと。ここは人件費もかかりますから、ここを引き払った分、かなり支出を減らすことができます」

「ちょ、ちょっと待ってくれ！　ここを売るだって？　だったら社交シーズンの時はどうするのだ？　まさか誰かの家に置いてもらうと？　このオルジュ伯爵家の人間が？」

それはあり得ないとラスティンは首を振った。

「いや、それはだめだ。それにここを引き払ったら噂好きの連中に何を言われることやら。オルジュ伯爵家の名誉にかけてそれはだめだ。許可できない」

「そうですか……」

がっくりと執事は肩を落とす。伯爵もラスティンと同じようなことを言ってこの案を却下したのだ。

「では他にどうすれは……」

「しっ」

突然ラスティンが手をあげて執事の言葉を制した。理由はすぐに知れた。こちらへ向かってくる軽やかな足音が聞こえたのだ。この家でこんなふうに歩く人間はただ一人しかいない。

「失礼します、お兄様。帰っていらっしゃるのでしょう？」

現れたのはラスティンの妹、シャローナ・オルジュだ。兄と同じく栗色の巻き毛に緑の目を持つ美しい令嬢で、崇拝者も多い。両親も目に入れても痛くないほど可愛がっているため、婚約者はいない。そのため、社交界の貴族男性の間でも優良な結婚相手と目されている。少しわがままで気の強いところがあるが、ラスティンにとっても可愛い妹だった。

「お兄様！　ヴァレオ様はどうでした？　ヘルディ伯爵家で開かれる舞踏会のエスコートの件は受けてもらえたのかしら？」

「あ、ああ、その件か」

シャローナの目に触れないように慌てて収支報告書をしまい込んでいたラスティンは、言われるまで妹の用件が何なのかまるで思い浮かばなかったのだ。

無理はないだろう。人生がひっくり返るかもしれないようなことを知ってしまったのだ。それに比べれば、シャローナのエスコートの件や、ヴァレオとティエラの件などはまだ些《さ》細《さい》なことだった。

ラスティンは気まずげにあさっての方を向きながら答える。

「残念だが、ヴァレオはその日用事があって、ヘルディ伯爵家の舞踏会は欠席すると、もう先方に断りを入れてしまったようだ」

「まぁ……！」

がっかりしてシャローナは肩を落とす。

「せっかくヴァレオ様と踊れるかもと思ったのに。夜会や舞踏会にいらしても、あの方はほとんど誰とも踊らず、お兄様やお友だちと一緒にいて、お話しする暇もあまりないのよ。せっかくお近づきになれる良い機会《チャンス》だったのに！」

ラスティンは妹を驚いたように見つめた。かねてからヴァレオを気に入っているような発言をしていたシャローナだが、それは単に見栄えの良い紳士に対する憧れで、友だち同士で騒いでいるだけだとばかり思っていたのだ。けれど、今の発言ではかなり本気に聞こえた。

「シャローナ、お前、ヴァレオのことを好きなのか？」

「もちろんよ。あの方がアークライド伯爵家を継がれる前からずっといいなと思って見ていたの」

きっぱり言ったあと、シャローナは目を伏せた。

「でも当時、お父様やお兄様もあの方は『新興の伯爵でうちとは格が違うのだ』って言って敬遠していたでしょう？　だからお兄様たちの前ではあえて黙っていたのよ。でも数年前からお兄様がヴァレオ様とお友だちづきあいをするようになったのを見て、お近づきになれるかと思ったのに、お兄様ったらなかなか紹介もしてくださらなくて！」

「それは、その……」

ラスティンは困ったように目を伏せた。実はオルジュ伯爵もラスティンも、シャローナをもっと身分の高い侯爵や、できれば公爵と縁《えん》づかせたいと思っていたのだ。それだけの器量がシャローナにはあった。だから、新興の伯爵家であるアークライド家のヴァレオはシャローナの結婚相手として不適格だと思い、近づけないようにしていたのだった。

だが、今は状況が変わった。シャローナの持参金を用意できるかどうかもあやしいのだ。

とても侯爵家以上に嫁がせることはできないだろう。最悪の場合、社交界への切符欲しさに貴族との婚姻を考えている実業家たちに、家に対する援助と引き換えに嫁がせることも考えなければならない。

——愛する妹を、金を得るための道具のようには使いたくないが……。

そこまで考えたとき、不意に脳裏にひらめくものがあった。

——シャローナとヴァレオ……。

この組み合わせを考えたラスティンの頭に悪くないという考えが唐突に湧きあがった。

……いや、悪くないどころではない。アークライド家は今や貴族のなかで一二を争うほど財力を持った貴族だ。伝統はないものの、オルジュ家の家名に傷がつくほどではない。

なんといっても新興の貴族といえど、同じ地位に属している相手だ。

ラスティンの中ではこれ以上良い組み合わせはないように思えた。

それにこれはヴァレオのためでもある。ティエラ・ルーシャーとの噂もシャローナと婚約すれば立ち消えるはずだ。

貴族の相手は貴族のみ。それを目の前で見せつければ、ティエラ・ルーシャーに身を引かせて、二人を引き離すことができるだろう。

ラスティンは顔をあげ、シャローナに尋ねた。

「そんなにヴァレオが気に入っているのなら、今度競馬場に行く約束をしている。その時お前も一緒に行くかい？　正式にヴァレオに紹介してあげよう」

「本当、お兄様？　もちろん行くわ！」

パッと顔を輝かせると、シャローナはラスティンに抱きついた。ラスティンは笑いながら妹を受け止めると、見下ろしながら聞いた。

「ところで今、ヴァレオに関する噂が流れているが、それは気にしないのかい、シャローナ？」

「噂？　ああ、あの下種《げす》な噂ね」

シャローナは鼻で笑い飛ばすと、堂々と答えた。

「別にあの噂が本当であろうが嘘であろうが関係ないわ。相手は執事といえど、所詮《しょせん》は使用人に過ぎないんだもの。なぜ私が気にする必要があるの？　私は名門オルジュ伯爵家の娘よ。比べるまでもなく、その使用人よりもよっぽどヴァレオ様に相応しいわ」

それは自分に絶対的な自信がある者にしか口にできない言葉だった。そんな妹をラスティンは頼もしげに見下ろす。

「そうとも、ヴァレオにはミス・ルーシャーよりよっぽどお前の方が役に立つだろう」

「ええ」

にっこりと艶やかに笑ったあと、シャローナは急に弾んだ声を出した。

「そうと決まれば競馬場に相応しくて、それでいて私に似合うドレスを選ばなくては！

ああ、そうだわ！　この間注文したばかりのドレスがいいわ！　あれならぴったり」

笑顔で聞いていたラスティンだったが、後半の言葉を聞いて思わず顔をしかめていた。

「お前、また新しいドレスを誂《あつら》えたのか？　社交シーズンに入る前に何着も取り揃えているじゃないか」

「だって、私にとても似合う色だったのだもの」

さらりと答えると、シャローナは無邪気な笑みを向けてくる。ラスティンは執事と思わず顔を見合わせていた。

ドレスに目がないシャローナの服飾代はかなりの額にのぼっている。いつもこんなふうに金額のことをまったく考えずに、気に入った生地を見たらすぐにドレスを購入してしまうのだ。おかげで収支報告書に書かれたシャローナのドレス代だけでもとんでもない額になっている。以前はまったく気にならなかった妹の浪費も、今の状況では頭の痛い問題だ。

だがそれで、ヴァレオを魅了できれば――。そう考えたラスティンは、目を瞑ることにした。

――友人のため。妹のため。これが一番いいことなんだ。

そう自分に言い聞かせるラスティンは、己の歪んだ思考に気づいていなかった。

＊＊＊

「以前お目にかかったことはありますが、正式な紹介は初めてですわね。わたくしはシャローナ・オルジュと申します。ヴァレオ様、今日はよろしくお願いいたします」

完璧な所作で淑女の礼をする美しい令嬢の姿に、ティエラはとうとうこの時が来たのだと胸の痛みとともに悟った。

今日はヴァレオがラスティンとレディ・シャローナとともに競馬場へ向かう日だ。

競馬場は社交場でもあり、貴族たちが思い思いに着飾って参加する人気の催し物だ。良い場所をとるのに、朝から出発する必要があるため、屋敷は早朝から準備で忙しく、それは執事であるティエラも例外ではなかった。

ようやく支度を終え、ティエラは出迎えと見送りのために主だった使用人とともに玄関ホールで待機する。

最初ヴァレオはアークライド家の馬車を使って単独で競馬場へ向かうつもりだった。ところがオルジュ家から迎えに行くから当家の馬車を使って一緒に行こうと誘いがあったのだ。ヴァレオはそれを受け、帽子を被り、フロックコートといういでたちで、オルジュ家の馬車の到着を待っていた。

やがて四頭の馬が引く大きな馬車がやってきた。今までティエラが目にした馬車のうちでもかなり豪華な部類だ。白が基調の客車には、金色の彩色がなされた彫刻と模様が施されている。

「さすがオルジュ伯爵家の馬車ねぇ」

隣でミセス・ジョアンが感嘆の声をあげる。ティエラも頷きながら、視線の先でヴァレオが馬車に近づき、中にいた人物を歓待するのをじっと見つめていた。

最初馬車から降りてきたのは、ラスティンだった。紺色のフロックコートと同じ色の帽子を被っている。ラスティンはヴァレオと親しげに挨拶をすると、馬車のドアを指差した。

続いて馬車から降りてきた女性の姿にティエラは息を呑んだ。

オフホワイトの生地にピンクの花の模様をあしらったドレスを身に纏うレディ・シャローナは、一言で言えば大輪の花のような女性だった。くっきりとした顔立ちは美しく、若々しさと自信に満ち溢れている。

結い上げられた髪は帽子でほとんど隠れてしまっているものの、鍔《つば》の陰から覗く柔らかそうな前髪の色から察するに、兄であるラスティンとよく似た栗色だろう。長いまつ毛に縁取られた瞳も兄と同じように新緑の色をしていた。

レディ・シャローナはラスティンに手を借りて馬車を降りると、ヴァレオに艶やかな笑みを向けて、ドレスの裾を摘まんでお辞儀をした。

ヴァレオはにっこりと笑って、右手を胸に当て礼を返すと、レディ・シャローナの手を取った。

「ようこそいらっしゃいました、レディ・シャローナ。こちらこそ、今日はよろしくお願いします」

「ヴァレオ様とご一緒できるこの日を、わたくし、とても楽しみにしておりましたのよ」

「ありがとうございます。僕もレディ・シャローナのような美しい女性とご一緒できて光栄です」

そのやり取りをヴァレオの数歩後ろで見守っていたティエラは、ぎゅっと胸に痛みを覚えて思わず片手で押さえていた。

美しいドレスの令嬢と、若き紳士。並んだ二人はどこから見てもお似合いで、これ以上はない取り合わせのように思えた。

アークライド家の執事として、ティエラはそれを歓迎するべきなのだろう。オルジュ家の令嬢なら、ヴァレオに相応しい。

——なのに、どうしてこんなに胸が苦しいの……？

レディ・シャローナは緑色の瞳を輝かせ、ヴァレオを慕っていることを隠そうともしない。またヴァレオの方も礼儀正しく接しながらも、まんざらでもないようだ。

「お似合いの二人だろう？」

いつの間にかティエラの前にいたラスティンが二人を見ながら誰ともなしに言った。けれど、その言葉がティエラに向けられているのは明らかだった。

「あの二人は同じ階級の人間。誰が見ても釣り合う相手だ。後ろ指をさされることなく堂々と一緒に人前に立てる。貴族にとってはそれが何よりも重要なんだ。……労働階級の人間が隣に立てるなどと思ってもらっては困る」

その言葉はティエラの胸に深く突き刺さった。

「分不相応な思いを抱いているのなら、早く捨てた方が身のためだ」

ラスティンは言い捨てると、二人に近づきティエラに対するのとはうって変わって明るく声をかけた。

「さぁ、二人とも出発しよう。早めに行かないといい場所がなくなるからね」

「そうだね」

「ええ。お兄様」

三人は馬車に乗り込んでいく。最初にラスティンが、次にヴァレオに手を借りながらレディ・シャローナが。そして最後に乗り込もうとしたヴァレオはティエラたちの方を振り返って笑顔で言った。

「じゃあ、行ってくるよ。ティエラ、後を頼む」

「……はい。承知いたしました。行ってらっしゃいませ」

ティエラはどうにか笑顔を浮かべて、頭を下げた。

やがて三人を乗せた四頭立ての馬車はゆっくりと動き始める。ティエラと使用人たちは、馬車が門の外に姿を消すまで見送った。

「……ティエラ……」

ミセス・ジョアンが心配そうにティエラを見つめている。彼女だけでなく他の使用人たちもだ。ティエラはそんな彼女たちに笑顔を向けた。こんな不甲斐ない自分のために、これ以上心配をかけたくない。

「私なら大丈夫よ。さぁ、屋敷に入っていつもの仕事に戻りましょう」

明るく声をかける。けれど、ティエラは自分の笑顔が少しだけ歪んでいるのが分かっていた。

なんとか日課をこなし、一息つくために自室に向かったティエラは、部屋に入るなりその場に座り込んで自分を抱きしめた。

『労働階級の人間が隣に立てるなどと思ってもらっては困る。分不相応な思いを抱いているのなら、早く捨てた方が身のためだ』

ラスティンの言葉が脳裏をぐるぐると巡《めぐ》る。

けれど、そんなことはとっくに分かっていたことだ。一緒に育ったといっても、貴族のヴァレオと労働階級のティエラとの間には越えることのできない身分差がある。いくら肌を重ねてもヴァレオにとってティエラは使用人にすぎず、レディ・シャローナのように堂々と彼の隣に立つことはできない。

そんなこと、言われなくても誰よりもティエラ自身がよく知っている。

――なのに、どうしてこんなにも胸が痛いのだろう？

今は昔の名残でティエラに執着しているけれど、いずれそれは治まり、遠くないうちにヴァレオは相応しい相手と結婚をするだろう。ティエラはただの執事に戻り、前と同じような暮らしに戻る。それは分かっていたことだ。

――なのに、どうしてこんなに辛いの？

ティエラは自分を抱きしめ、いつまでも震えていた。


この日を境にレディ・シャローナがよく屋敷を訪れるようになった。

もちろん、来る時は単独ではなくラスティンと一緒だが、請われたヴァレオが舞踏会や夜会で彼女のエスコートをすることも増えているようで、そういう時は二人きりだという。

ティエラは気にするまいと思いながらも、意識しないではいられなかった。

「こんにちは、ミス・ルーシャー」

「いらっしゃいませ、ラスティン様、レディ・シャローナ。談話室にご案内いたします」

今日もオルジュ兄妹が屋敷を訪ねてきていた。談話室で三人仲良くおしゃべりをする光景ももはや日常になりつつある。

それはティエラにとっては辛い日々でもあった。三人の話題は当然ながらティエラに縁のない社交界や貴族たちのことで占められている。使用人であるティエラにはあずかり知らぬ世界のことで、越えることのできない一線を引かれている気がした。

実際その通りなのだろう。ラスティン兄妹はことさらティエラが談話室でお茶の用意をしている時に、王や高位の貴族たちの話題を持ち出して、身分の差を見せつける。まるで私たちはお前たちと住む世界が違うのだと言いたげに。

ヴァレオの手前、あからさまにはしないものの、ラスティンとレディ・シャローナのティエラを見る目は冷ややかで蔑みさえ含んでいる。

あの噂が関係しているのだろう。仕方のないこととはいえ、ティエラにとってはまるで見えない鞭を打たれているようなものだった。

オルジュ兄妹との縁が深まる一方で、ヴァレオは相変わらずティエラを寝室に連れ込み、毎晩のように交わっていた。ティエラはだめだと思いながらも、逆らうことができずに、ヴァレオに脚を開き、白濁を胎内で受け止める。常に妊娠の恐怖を抱きながら。

このままでは、遠くないうちにティエラは孕んでしまうだろう。そうなったら必ずティエラと子どもはヴァレオの足枷になる。それだけは何としても避けなければならない。

それに妊娠の問題がなくても、いつまでもこんな関係を続けるわけにはいかないのだ。いつかヴァレオは妻を娶ることになるだろう。それがレディ・シャローナになるかは分からないが、いずれにしろヴァレオは同じ階級の女性と婚姻関係を結ぶ。好き嫌いは関係ない。爵位や財産を次の代に残すことは貴族の義務で、ヴァレオも例外ではないのだ。

たとえティエラが子を孕んでもその子どもは庶子であるため、この国では相続権がない。だからヴァレオには法の下で婚姻関係を結んだ相手との子どもが必要なのだ。

ティエラとヴァレオの関係に未来はない――。

未来があるとすれば、純粋な主従関係としてしかないだろう。愛人では傍にいられない。けれど、執事としてならずっとヴァレオの傍にいることができるのだ。

「今なら、まだ……」

そっと下腹部に手をおいて、ティエラは呟く。

妊娠の兆候が見られない今ならまだ引き返せる。元の関係に戻って、なかったことにできる。

主人と執事。この関係に戻ることができたら、ティエラはヴァレオの傍に居続けることができるだろう。

――でもどうやって？

不安を口にするティエラにヴァレオは「大丈夫」と言うだけだ。実際彼はティエラとの関係に何の危惧も不安も抱いていないようだ。気を揉んでいるのはティエラだけ。

未来がないことはヴァレオだって分かっているはずなのに……。

以前はヴァレオの考えていることがすぐに分かった。でも最近は——正確にいえば、肉体関係を結んでからは、彼が何を考えているのか分からない。

あんなに近かったヴァレオが、皮肉なことに身体を重ねるようになってから遠くなってしまったのだ。だからこそティエラはより一層元の関係に戻りたいのかもしれない。主と執事の関係に。目と目が合うだけでお互いのことが分かっていた関係に。それに……。

ティエラは自分を見下ろしてそっと呟いた。

「もとに戻れば、きっとこんな胸の痛みなど覚えなくなるわ……」

レディ・シャローナと一緒にいるヴァレオを見ても、平気でいられるだろう。

主と執事の関係に戻れば、きっと……。

そんなティエラに思いも寄らぬ救いの手が差し伸べられたのは、それからすぐあとのことだった。

モーリスの遣いとして、アークライド領からオズワルドがいつものように王都の邸宅にやってきた。

「こんにちは、ミス・ティエラ」

「……こんにちはオズワルド。ご苦労様です」

いつものようににこやかに挨拶をする青年に対し、挨拶を受けるティエラは少しぎこちない。結婚話が白紙になって以来、ティエラがオズワルドと会うのはこれが初めてだった。

前回モーリスの遣いとして王都に足を運んだのは別の従僕で、申し訳ないがティエラはそのことにホッとしたものだ。オズワルドの目を見る勇気はなかったからだ。

結婚はお互いが好き合って決めた話ではなかったし、ティエラにとってはヴァレオの傍にいるための手段だった。とはいえ、夫婦になると決めた相手のために貞操を守るのは当たり前のことだ。なのにティエラはヴァレオに純潔を奪われ、今も愛人として毎晩のように彼と身体を重ねている。結婚は白紙になったとしても、オズワルドに合わせる顔がなかった。

挨拶のあと、会話が続かないのはティエラが目を合わせることなく伏し目がちだからだろう。ややあって、オズワルドは尋ねた。

「ヴァレオ様は？」

「書斎で書類の仕事をしていると思います」

「そうですか。では、行ってみます」

オズワルドは軽く頭を下げると、階段へ向かう。それを見送りながらティエラはふぅとため息を吐き、肩の力を抜いた。オズワルドに申し訳なくて仕方なかった。

――ちゃんと謝らなければならないのに……。

不甲斐ない自分が嫌になる。オズワルドの目を見られない自分も、ヴァレオに流されるまま関係を続けている自分も。

ティエラは再び大きくため息を吐き、頭を振って意識を切り替えると仕事に戻った。

しばらくののち、ワイン倉庫に行こうと玄関ホールに向かったティエラは、そこで二階から下りてくるオズワルドと出くわした。カバンとコートを手にした姿に目を見張る。オズワルドが屋敷に到着してからまだそんなに経ってないのに。

「もうお帰りですか？」

驚いていると、オズワルドが微笑んだ。

「今回は書類をお渡しするだけの遣いですから」

「そうですか……門までお見送りします」

謝るいい機会だとティエラは思った。ただ玄関ホールだと声が響くため、誰かに聞かれてしまう可能性がある。その点、外に出てしまえば近くで聞き耳を立てない限り誰かに知られる心配はない。

「ありがとうございます」

二人は連れ立って扉から外に出た。門に向かいながら、どう言おうかと思案していたティエラは突然手首を摑まれて仰天《ぎょうてん》する。

合った。

目を瞬かせながら見上げると、真剣なまなざしでティエラを見つめる水色の瞳と視線が
「オズワルド？」

「ミス・ティエラ。……いえ、ティエラ。話がしたいのです。今少しいいですか？」

きっと白紙になった結婚のことだろう。そう悟ったティエラは頷く。オズワルドはティエラの手を引いて、庭に回った。

冬の季節とはいえ、温暖な王都では一年中花や緑が絶えることはない。このアークライド邸の庭も数多くの花々や木々が植えられ、人々の目を楽しませている。

庭の一角まで来ると、オズワルドはティエラの手を放した。庭師はどこかに行っているのか、姿は見えない。この時間だと使用人たちの休憩時間でもないため、庭には誰もいなかった。それにたとえ誰かが庭に出てきても、樹木に遮られてティエラたちの姿には気づかないだろう。話をするにはうってつけだと思われた。

……けれど、この時ティエラはすっかり失念していた。ティエラたちの立っている所は二階にあるヴァレオの書斎の窓からよく見える場所だということを。

ティエラを振り返ったオズワルドは、開口一番にこう言った。

「ティエラ。俺はアークライド家を辞めることにしました」

「え!?」

突然の宣言にティエラは大きく目を見開いた。結婚の話のことだろうと思っていたのに、予想外のことを言われて仰天する。けれどすぐに、辞める原因は自分にあるのだと気づいた。でなければこんな所にまできて話をするわけがない。

「私との話が白紙に戻ったからですか？」

そのことで屋敷にいづらくなってしまったのだろうか？

「はい」

頷いてからオズワルドはティエラの顔が辛そうに歪むのを見て慌てて付け加えた。

「いえ、ティエラ。違うのです。そのことが原因ですが、あなたの考えていることとは違います。俺が辞めるのは、改めてあなたに求婚するためです」

「……え？　求婚？」

思いも寄らないことを言われて、ティエラは混乱した。

「そうです。ヴァレオ様の許可をもらえなくて結婚は白紙になりました。けれど、俺がアークライド家の使用人でなくなれば、ヴァレオ様の許可は必要ありません。必要なのはあなたとミスター・ルーシャーの許可だけ。そしてミスター・ルーシャーは反対はしないと言ってくださいました」

オズワルドは言いながらティエラの手を取った。

「ティエラ。俺の妻になってください」

「……」

「今すぐ返事をしなくてもいいんです。即ここを辞めるわけではないので。だから、次に会う時までにじっくり考えてもらえればと思います」

「……なぜ……？　どうしてそこまで……」

ティエラは思わず尋ねていた。

白紙になった結婚は、ティエラとヴァレオの悪い噂を消すためのものだ。お互い好き合っていたわけではないし、オズワルドにとっては上司からの申し出で引き受けたにすぎないだろう。だから、義理立てする必要もないし、まして仕事を変えてまで結婚をする利点はないはずだ。なのになぜ彼はそこまでして求婚してくれるのだろう？

「俺があなたと結婚したいからです。あなたは思いも寄らないでしょうけど、俺がアークライド家の従僕になったのは、あなたがいたからなんですよ」

言ったあと、急にオズワルドははにかんだような顔になった。

「俺は以前、王都に居を構える大きな商家に仕えていました。その家がこの家と取引があって、主人に付き添って一度ここを訪れたことがあるのです。あなたは覚えていないでしょうけど」

「そ、そうなのですか？」

記憶力はいい方だと自負しているが、ティエラにはオズワルドと会った覚えはない。

オズワルドはティエラの言葉を聞いて笑った。

「覚えていなくて当然です。昔のことだし、何人かのうちの一人でしたから」

どうやら五年ほど前に複数の商人とその付き人の何人かで訪れた時に顔を合わせていたらしい。ティエラがまだ十七歳で、正式な執事になってまだ一年しか経っていない頃だ。

「実際に会うまで俺は女が執事をすることにとても否定的でした。侮っていたと言ってもいいでしょう。けれどそんな俺の気持ちをあなたはひっくり返してくれた。商人の中には女の執事であるあなたを侮辱するような輩《やから》もいましたけど、あなたはそんな人たちにも礼儀正しく、けれど毅然《きぜん》と対応していました。偏見《へんけん》を持っていた俺は自分が恥ずかしくなりました」

たぶん、一目惚れだったんです――そうオズワルドは続けた。ティエラの頬がうっすらと赤く染まる。

「俺はあなたがずっと忘れられなかった。それでこの家の求人に応募したのです。少しでもあなたと接点のある場所にいたかったから。だから、ミスター・ルーシャーにあなたの結婚相手に選んでもらえてしばらく震えが止まらないほど嬉しかった……」

強い力でぎゅっとティエラの手を握り締め、オズワルドは真剣な目をして言った。

「俺はあなたを諦められない」

「オズワルド……」

「あなたがヴァレオ様に仕えたいという気持ちは分かります。ミスター・ルーシャーからあなた達がずっと一緒に育ってきたことを伺っていますから。ですから、俺がここを離れることに決めたのです。さっきも言ったようにあなただけだったら、ヴァレオ様の許可がなくとも父親のミスター・ルーシャーの許可さえあれば結婚も可能かと思って」

確かに娘の結婚に関しては雇い主より父親の方に発言権があるだろう。ただ、ティエラが勝手に結婚などをしたらヴァレオが怒り狂うことは想像に難くない。現に報告をしただけでこの有り様だ。

……でも、もし、その怒りが解けた後は？　結婚してもティエラが離れていかないと分かれば、ヴァレオも子どもの頃の執着から目が覚めるかもしれない。

「あなたが俺をなんとも思っていないことは分かっています。この結婚がヴァレオ様のためであることも。でもそれでも俺は構いません。お願いです、ティエラ。俺と結婚してください」

まっすぐな想いをぶつけられて、ティエラの心が揺らぐ。

オズワルドはこの結婚の意味を充分分かっていて、それでもいいと言ってくれる。ヴァレオに仕え続けたいという想いも理解してくれている。こんな男装などをして働いている女を好いてくれている。

ヴァレオの怒りが解けなくても、もう傍に居続けることができなくとも、オズワルドと結婚すれば女としてティエラは幸せになれるだろう。誰に後ろ指をさされることもなく、夫と子どものいる生活を手に入れることができるだろう。

「オズワルド……私は……」

——頷きなさい、ティエラ。ヴァレオ様もきっとそのうち私の気持ちを分かってくれる。誰のためにもこれがきっと一番いい。

そう自分に言い聞かせる。けれど、口から出たのは思っているのとは違う言葉だった。

「か、考えさせてください。すぐに決めることはできませんから……」

その答えを聞いてもオズワルドはにっこり笑った。

「もちろん、分かっています。ゆっくり考えて、次に俺がここに来た時に返事を聞かせてください」

「……ありがとう。オズワルド」

淡い笑みを浮かべながらも、ティエラは罪悪感に胸が痛んだ。なんて良い人なのだろう。それなのにすぐによい返事ができない自分が悲しくなる。

——私には勿体ないくらいの人なのに。

でもだからこそ、安易に応じるべきではないのだ。それに忘れてはならない。自分がすでに純潔を失い、ヴァレオと肉体関係があることを。

——私は汚れている。彼の思っているような高潔な人間じゃない。

そんな自分をオズワルドのような良い人に押し付けるわけにはいかない。

「あなたと話せてよかった。そろそろ俺はお暇《いとま》いたしますね。あまり遅くなると、向こうに到着するのも遅くなるので」

「あ、では今度こそ門までお見送りさせてください」

礼儀正しく頭を下げるオズワルドに、ティエラは慌てて言った。けれどオズワルドは首を横に振る。

「いいえ。ここで大丈夫です。門まで行ったらそのままあなたを連れて帰りたくなりますから」

「オズワルド……」

「お元気で、ティエラ」

もう一度頭を軽く下げると、オズワルドは振り切るように踵《きびす》を返して庭を後にした。ティエラはその後ろ姿を見送る。やがて、オズワルドの姿が見えなくなると、ティエラも仕事に戻るべくその場を離れるのだった。

ティエラも、そしてオズワルドも最後まで気づかなかった。書斎の窓から二人が庭にいるところを見かけたヴァレオが密かに階下に下りて、物陰から二人の会話を聞いていたことに。

「モーリスめ。二度とあいつを寄こすなと伝えたのに。よっぽど僕の邪魔をしたいらしい」

呟きながら、ヴァレオは屋敷に戻っていくティエラの後ろ姿を見つめる。目ざといラスティンが気づいたティエラの耳の後ろにつけた所有印を、あの朴念仁《ぼくねんじん》は最後まで気づかなかったらしい。

——さて、どうしてくれようか。

ヴァレオの口元に酷薄《こくはく》な笑みが浮かぶ。

「ティエラが誰のものか、あの身の程知らずにしっかり知らしめる必要があるようだね」

第四章　貴賤《きせん》

「お兄様！　ヴァレオ様が私との結婚を断ってきたというのは本当ですか！」

ラスティンのいる執務室へ押しかけるなりシャローナが言った。ラスティンはしぶしぶ頷く。

「本当だ」

ラスティンにとっては予想外の出来事だった。ラスティンは何度もシャローナを連れてアークライド邸へ赴《おもむ》き、ヴァレオに会わせ、印象づけてきた。シャローナを売り込むのと同時にティエラを牽制できる一石二鳥の策だった。

結果は上々で、ラスティンは手ごたえを感じていた。ヴァレオは満更でもない様子で、最近ではシャローナを連れて夜会や舞踏会に出席していたからだ。おかげでようやく社交界ではティエラ・ルーシャーの名前ではなく、シャローナの名前がヴァレオと並び称されるようにもなってきたところだ。

そこでラスティンは、機は熟したと見て、シャローナとの結婚をヴァレオに打診した。だが、その申し出をヴァレオはあっさり断ってきたのだ。

その時の会話を思い出すたびに、ラスティンは歯嚙みしたくなる。


『なぜだ?』

シャローナとの結婚を断る理由を問いただすラスティンにヴァレオはあっさり言った。

『レディ・シャローナは残念ながら僕が妻に求める資質に欠けている。この家は拡大を続ける産業界の流れを読み、的確な投資をすることで繁栄してきた。アークライド家が求める女主人は、社交界のお飾りではないんだ。仕事を理解し、夫を補佐し、時には夫の代わりに家を守ることができる、そんな女性でなければやっていけない。……ねぇ、ラスティン。果たしてレディ・シャローナに、投資を断られて怒り狂ってやってくる商人や実業家の相手ができると思うかい?』

『それは……』

確かに貴族の相手や使用人の管理はできても、シャローナにそんなことは無理だろう。それ以前に、シャローナは自分と同じように貴族が仕事を持つことに否定的だ。投資に理解があるとはとても思えない。

『だ、だが、シャローナだって今から学べば……』

どうだか、とでも言いたげに眉をあげるヴァレオに、ラスティンは慌てて言った。

『そ、それに君はシャローナを気に入っていただろう？　夜会や舞踏会に一緒に出席し、何度も踊っていたじゃないか！』

『どれも僕が誘ったわけじゃない。君に頼まれたから、エスコートしただけだ』

『ぐっ……』

ラスティンは言葉に詰まった。その通りだったからだ。頼めば快《こころよ》く引き受けてくれていたので失念していたが、確かにどれもラスティンかシャローナ自身の頼みを引き受けてくれたものだった。

思惑が外れて空回りしているのをひしひしと感じながら、何とか言葉を繋ごうと考えていたラスティンは、次のヴァレオの発言に絶句《ぜっく》した。

『けれど、レディ・シャローナを何回かエスコートできたおかげで、ティエラと僕の噂もだいぶ下火になったようだ。その点では君たちに感謝している。たいした噂じゃないが、ティエラがすごく気にしていたのでね』

このヴァレオの言葉を思い出すたびに、ラスティンは歯ぎしりしたくなる。ヴァレオはシャローナとオルジュ伯爵家の名を、噂を打ち消すために利用したのだ。たかが一人の使用人のために。

それだけではない。ヴァレオはその後にこう言ったのだ。

『そうそう、気休めになるかどうか分からないけど、僕がレディ・シャローナとの縁談に応じられない理由はもう一つ別にあるんだよ。実は、僕はもうすでに誰を妻に迎えるか決めていてね』

『な、何だって？　どこの誰なんだ、それは？』

『まだ内緒。他の誰よりもアークライド家に相応しい女性だと言っておこう』

『アークライド家に相応しい女性……』

その時、ラスティンの脳裏に浮かんだのはティエラ・ルーシャーだった。

アークライド家の仕事を理解し、補佐できる女性。ヴァレオから屋敷を預かり、それに見事に応えている女性。怒り狂った商人相手に一歩も引かず、毅然と対応できる女性――ティエラ・ルーシャーという女性は労働階級という身分にさえ目を瞑れば、ヴァレオの言う「アークライド家に相応しい女性」そのものだ。

もちろん、ヴァレオはこれまでずっと身近にいたティエラに女性の理想像を見ていて、それとたまたま合致した令嬢を見つけた――そう考えることもできる。ラスティンとて、いつもならそう思っただろう。彼にとって使用人を妻に迎えるという想像は及びもつかないことなのだ。

けれどこの時は違っていた。なぜか確信していた。

ヴァレオはあの女執事を妻に迎えようとしているのだと。

だが、それを問いただす機会はなかった。なぜならヴァレオがこんなことを言い出したからだ。

『ところで、ラスティン。今度は反対に僕の方から聞きたいんだけど、どうして突然、レディ・シャローナと僕を結婚させようとし始めたのかな？　以前君は、妹は侯爵や公爵に嫁がせたいと言っていたじゃないか。その君がなぜいきなり新興の伯爵家などに白羽の矢を立てたのか。僕はレディ・シャローナのことよりもそちらの方に興味があるね』

『それは、その……シャローナ自身がそれを望んだからで……』

ラスティンはしどろもどろになりながら言い訳をひねり出す。オルジュ伯爵家の経済状況が思わしくないことは、決して知られるわけにはいかないのだ。そのため、ラスティンとしては悔しいことに、その場は引き下がるしかなかった。

「どうしてお兄様？　なぜ私は断られたの!?」

シャローナの甲高い声がラスティンの思考を現実へと引き戻す。怒りと屈辱からか、涙を浮かべ頬を紅潮させている妹に、どう説明しようかとラスティンは途方に暮れた。どれも妹には言いづらいことばかりだ。

「残念だが、ヴァレオはお前と結婚する気はないようだ……」

「だからそれはなぜですの？」

「それはその……執事のティエラ・ルーシャーのせいだ。彼女のせいで、ヴァレオはお前との結婚を断ったんだ」

結局そう言うしかなかった。ヴァレオの妻としての資質に欠けると判断されたとは、プライドの高いシャローナにはとても言えなかったのだ。それにあながち嘘というわけでもないだろう。

「あの女のせい……」

シャローナの瞳が怒りで煌《きら》めき、目尻がぐっと吊りあがる。

「あの女がヴァレオ様に、私との結婚を断るように言った、そういうことなの？」

慌ててラスティンは否定する。

「い、いや、そうではない。ただ、彼女の存在がヴァレオの返事に影響していることは確かだ。だから彼女さえ排除できればお前にもまだチャンスが……」

言いながらラスティンの中で何かが形になっていく。

――そうだ。彼女さえいなくなればヴァレオはシャローナを選ぶだろう。投資の件はこれから勉強すればいいのだし、怒り狂った客の件は……人をたくさん雇って警護させればいいだけのことだ。

それだけの財力がアークライド家にはある。ラスティンが今もっとも欲しい財力《もの》が――。

そのためにはティエラ・ルーシャーが邪魔だ。彼女を今すぐにでもヴァレオから引き離す必要があった。なぜなら彼女は、ヴァレオの子どもを孕んでいる可能性があるからだ。

もしヴァレオがティエラとの結婚を考えていなければ、ラスティンはティエラの存在を容認できたかもしれない。不快感は示すだろうが、愛人と庶子を持つ貴族は珍しくないからだ。別の家に住まわせ、面倒をみることくらいなら義務として仕方ないと考えただろう。

けれど、結婚となれば話は別だ。

この国の貴族法では、庶子に相続権は認められていない。爵位も財産も、正式に婚姻を交わした女性との間に生まれた長男――つまり嫡男しか継ぐことはできないとされている。例外はあるものの、基本的にはこの法律を順守している。

その一方で、この国には身分差のある者同士の結婚――貴賤結婚を禁じる法はない。正式に結婚さえすれば、相手の身分がどうあれ、その子どもは爵位や財産の相続権を得ることができる。王族も例外ではない。つまり、ヴァレオがティエラを正式に娶れば、その子どもはアークライド家を継ぐことができてしまうのだ。

だから一刻も早くラスティンはティエラをヴァレオから引き離さなければならなかった。

――貴賤結婚などヴァレオにさせられない。友人として、それだけは阻止しなければ。

法律で認められてはいても、貴賤結婚は社交界で受け入れられないのが常識だ。白い目で見られ、爪弾きにされるだろう。ラスティンはヴァレオにそんな目に遭ってほしくない。

——これはヴァレオのためなんだ。

ラスティンはそう信じて疑わなかった。

一方、シャローナはラスティンのはっきりしない言い様にまったく納得できていなかった。自分が件《くだん》の女執事よりも明らかに勝っていると自負しているだけに、断られたことが信じられなかった。

黙り込んで何かを考えている兄のラスティンを残して部屋を出たシャローナは、執事に馬車の用意を命じたのだった。

＊＊＊

約束も前触れもなしに突然現れたレディ・シャローナに、ティエラは困惑していた。

「ヴァレオ様に会いにきたの。屋敷にいらっしゃるのでしょう？　お会いしたいの。呼んでちょうだい。今すぐに」

居丈高《いたけだか》に言い放つと、敵意も露にレディ・シャローナはティエラを睨みつける。良い感情を持たれていないことは分かっていたが、今までこれほどあからさまな態度をとられたことはなかった。貴族令嬢らしく、何枚ものベールで丁寧に包みつつ、けれど真意だけはしっかり伝わるやり方で示してはいたが。

それが今はいきなり直球できている。一体どうしたのだろうか。怪訝に思いながらもティエラは丁寧に応対する。

「ヴァレオ様に聞いてまいります。しばらく応接室でお待ちください」

近くにいた侍女にレディ・シャローナを託すと、ティエラはヴァレオの私室へ向かった。

「レディ・シャローナが？」

説明を受けたヴァレオは本から顔をあげて目を丸くする。けれど何か思い当たることがあるのか、くすっと笑みを漏らした。

「おやおや。淑女《レディ》とは思えない行動だね」

そう言いながら立ち上がったところをみると、会いたいという彼女の要望に応えるつもりのようだ。ティエラはちくんと胸が痛むのを感じた。

扉に向かうヴァレオに、ティエラは伏し目がちに声をかける。

「それでは私はお茶の準備をして、応接室へお持ちしますね」

ヴァレオとレディ・シャローナ。二人が一緒にいるところを見たくなくて、ティエラはそう申し出た。ところが、ヴァレオは意外なことを言う。

「いや、お茶は別の者に頼んで、君は僕と一緒に来てくれ。付き添いなしに未婚の男女が部屋に二人きりでいたとなったら何を言われるか分からない。君は何も言う必要はないから、シャペロン代わりに部屋にいてくれないか」

二人が一緒にいるところなど見たくない。けれど、ヴァレオにそんなふうに要請されたら断ることはできなかった。

「わ、分かりました」

仕方なくティエラはヴァレオとともに応接室へ向かった。

「ヴァレオ様！」

応接室に入るなり、ヴァレオの姿を認めたレディ・シャローナが思いつめた様子で詰め寄ってくる。彼女はティエラの姿には気づいていないようだ。ティエラはヴァレオの数歩あとから入室したため、おそらく目に入らなかったのだろう。

そのため、レディ・シャローナはヴァレオ一人だけだと思い込み、いきなり核心に入った。

「わたくしとの縁談を断ったというのは本当ですの？」

ティエラはそれを聞いて仰天する。レディ・シャローナとの縁談が持ち上がっていたとはまったく知らなかったのだ。

――やっぱり。

胸の痛みを覚えながらティエラは心のなかで呟く。

レディ・シャローナを初めて見た時から予感はしていたのだ。いつか、二人の縁談が持ち上がるだろうと。彼女のような女性こそ、周囲がヴァレオに相応しいと認める令嬢なのだから。

　と、そこまで考えてティエラはハッとなった。今、レディ・シャローナは「ヴァレオが縁談を断った」と言わなかっただろうか？

「ええ。本当です」

　ヴァレオがそう答えるのを聞いて、ティエラは思わず安堵を覚え、次いでそんな自分に自己嫌悪を覚えるのだった。

「なぜですの、わたくしのどこがいけなかったのですか？」

　鬼気迫る表情で詰め寄るレディ・シャローナは、そこでようやく、ヴァレオの後ろに控えていたティエラの存在に気づいたらしい。

「なぜあなたがこんなところにいるの？　出て行ってちょうだい！」

　眦を吊り上げ、激しい口調でレディ・シャローナはティエラに言い渡す。それを制したのはヴァレオだった。

「ティエラには付添人としていてもらうように僕から頼んだのです。不満があるなら出直していただこう」

　今までにない厳しいヴァレオの言葉にレディ・シャローナは息を呑んだ。

「レディ・シャローナ、あなたも貴族なら分かっているはず。付添人もなく、独身の男の屋敷に押しかけ、二人きりで部屋にこもったともなれば、どんな悪評を立てられるか」

付添人とは未婚の貴族女性の付き添いをする女性のことだ。令嬢の世話をしつつ、行儀作法が守られているかどうかの監視をする役目も担っていた。そこにはもちろん、令嬢が男性と会う時に、不埒な真似をされないかどうか監督する役目も含まれている。

だから、付添人なしで男女二人きりで会ったと広まれば、ふしだらな娘という烙印を押されることだって充分に考えられる。何しろ、二人きりで何をしていたのかを証言できる人間がいないのだから。いくらでも放言できてしまうのだ。

「あ……」

レディ・シャローナはそのことに思い至り青ざめた。唇を噛み締め、ティエラを睨みつける。レディ・シャローナにしてみたら、縁談を断られたことなど他人に知られたくなかったはずだ。ましてティエラは彼女にとって、この世でもっともこの場にいて欲しくない人物に違いない。それでも、レディ・シャローナは不承不承に頷いた。

「分かりましたわ。彼女にいてもらっても構いません」

ヴァレオとレディ・シャローナは応接室のソファに向かい合って腰かける。ティエラはレディ・シャローナの心情を慮って少し離れた場所に腰をおろし、なるべく二人の方を見ないように努めた。

先に口を開いたのはヴァレオの方だった。

「ラスティンから何も詳しい説明を受けていないようなので、僕から改めて言います。レディ・シャローナ。せっかくのお話ですが、あなたと僕とでは求めるものも価値観も違うようです。僕たちの結婚はおそらく、互いに不幸しかもたらしません」

身を乗り出してレディ・シャローナは言い返す。

「そんなことはありませんわ！　わたくしたちは同じ階級に属する者同士です。価値観が違うなどと！」

「いえ、大きく違いますよ。まず初めに仕事に対する考えがまるで違う。あなたやラスティン、それにオルジュ伯爵はこう思っているはずです。投資など貴族がやるべきことではないと。あなた方にとって貴族とは領地と領民の管理をし、議員として国政に参加するのが仕事で、それ以外の、特に金儲けなどもってのほか、俗物のすることだとね」

そこで一度言葉を切り、ヴァレオはレディ・シャローナの反応を確かめた。青ざめたまま何も言わないところを見ると、思い当たることがあるのだろう。ヴァレオは言葉を続けた。

「でも僕にとっては違う。投資も金儲けも、変化していく世の中で領民や領地、家、そこで働く人々の生活と安定を守るために必要なものだと捉えています。遊びでやっているのではないのですよ。ところがあなたは僕が投資の話や産業の話をし始めると、興味を持つどころか退屈そうにして『わたくしには分かりませんわ。それよりヴァレオ様。来週の夜会のことですが――』となる。そういう妻では困るのです。僕が妻として求めるのは社交界の方ではなく、僕と同じ方向を見ている女性だ」

言いながらヴァレオはちらりとティエラの方を見る。ティエラはあさっての方を見ていたため、その視線に気づかなかったが、ヴァレオの向かいに座るレディ・シャローナは当然それに気づいた。その視線の意味も。ギリッと奥歯を噛み締める。

ヴァレオは少しだけ優しい口調になってレディ・シャローナに言った。

「レディ・シャローナ。あなたの周りには、僕よりもよっぽどあなたにお似合いの、古き良き価値観を持った貴族男性がたくさんいらっしゃるでしょう。伯爵になってまだ百年にも満たない新興のアークライド家よりも、ずっと格式の高い家のね。……ああ、この新興のアークライド家というのはあなたのお父上が以前言っていた言葉ですよ。まだ僕が伯爵位を継ぐ前、ある夜会で彼と初めて顔を合わせた時に。あなたもお父上がそう言っているのを聞いたことがあるんじゃないですか？」

新興のアークライド家。それは明らかに、自身の優越感と相手への嘲りが含まれた言葉だった。

レディ・シャローナは何も言わない。おそらくそれも心当たりがあることなのだろう。

やがてのろのろと立ち上がってレディ・シャローナは言った。

「わたくし、失礼いたしますわ」

二人が応接室に現れた時とは打って変わって勢いの無い沈んだ声だった。ヴァレオが頷く。

「それがいいでしょう。ティエラ、レディ・シャローナを玄関までお見送りして」

突然声をかけられ、ハッとなりながらティエラは立ち上がる。

「はい。レディ・シャローナ、どうぞこちらへ」

手で促しながらティエラは先頭に立って歩き始めた。レディ・シャローナは大人しくティエラの後ろについていく。

ティエラがレディ・シャローナにお茶も出していないことを思い出したのは、廊下を途中まで進んだときだった。付添人としてきて欲しいと言われ、動揺するあまりお茶を出す指示をするのをすっかり忘れていたのだ。とんだ失敗だ。ティエラは謝罪しながら後ろを振り返る。

「申し訳ありません。レディ・シャローナ。お茶をお出しするのを」

「淫売」

「え？」

突然、鋭い言葉を投げつけられて、ティエラは息をするのを忘れた。

「それとも売女《ばいた》かしら？」

「……レディ・シャローナ？」

その言葉にも、憎々しげに見つめる目つきにも、ティエラは胸を衝かれた気がした。

「まぁ、意味は同じだけど。……ねぇ、その身体でヴァレオ様を誘惑したの？　ヴァレオ様をたぶらかしたの？　たかが使用人のくせに」

「そんな、ことは……」

ない、と続けようとしたティエラは言葉を途切れさせた。正しくはないが、否定もできなかった。

「言っておくけど、あなたなどただの愛人よ。ヴァレオ様の伴侶になれるなんてあなたそんな身のほど知らずなことを思ってないでしょうね？　でもおあいにく様。貴族は貴族としか結婚しないのだから、あなたはいずれ捨てられるでしょうよ」

凍りついたように立ち尽くすティエラの横を、レディ・シャローナはすっと通りぬけた。そして、振り返りもせずに言い放つ。

「見送りは結構よ。娼婦などに見送られたくないから」

それは、レディ・シャローナにしてみたら、縁談を断られたことに対する屈辱と嫉妬から、ティエラに何かを言わずにおれず、知る限りの汚い言葉で放った精一杯の侮辱だったのだろう。けれど、ティエラにとっては胸を拳銃で撃ちぬかれたような衝撃を与えるものだった。

――淫売。売女。娼婦。

否定できなかった。ティエラはお金を貰ってヴァレオと寝ているわけではない。けれど、雇われて賃金を得ている身で彼の求めに応じて身体を差し出している。それのどこが娼婦と違うのか。

レディ・シャローナが言っていることは何一つ間違っていない。売女であることも。身のほど知らずであることも。いずれヴァレオも相応しい階級の女性と結婚し、ティエラは捨てられるだろうことも。

――それを辛いなどと、苦しいなどと思ってはだめ。今はレディ・シャローナの方が辛い思いをしているのだから。

ティエラは痛みを訴える胸をぎゅっと押さえた。

忘れてはいけない。あれがティエラとヴァレオの情事に対する普通の人の反応だ。ここの屋敷の人はみんな優しいから言わないだけで、そう思うのが当然なのだ。でもみんなが黙って受け入れてくれていたから、つい甘えてしまった。

――はっきりと言ってもらえてよかったじゃないの、ティエラ。

この一週間ほど、ティエラはずっとオズワルドの求婚を受けるべきかどうか悩み続けていた。でもようやくこれで決心がついた。

もし、ティエラが純潔でないことを打ち明けて、それでも受け入れてくれたならば、オズワルドの求婚を受けよう。そうすればすべてが収まる。

「これでいいんだわ。これで……」

ティエラは目を閉じて自分に言いきかせるように呟いた。

＊＊＊

オズワルドの求婚を受け入れる決心をしたティエラは、次に彼と会った時にそのことを伝えようと考えていた。

彼はモーリスの遣いとして、だいたい月に一度くらいの割合でここへやってくる。だから、次にオズワルドと顔を合わせるのは、約一か月先のことだろうと予想していた。けれど、前の訪問から十日ほど経ったある日、不意に彼は王都へやってきた。

「ヴァレオ様から突然、電報が届いたのです。渡したい書類があるからすぐに取りに来てもらいたいと。それで俺が急遽こちらに来ることになったのです」

困惑顔で玄関ホールに現れたオズワルドを、ティエラも困ったような笑みを浮かべて迎えた。

「ヴァレオ様が？」

そんな重要な書類などあっただろうか？　記憶にはない。けれど、ティエラはヴァレオの仕事のすべてを知っているわけではない。むしろほんの一部分だけだ。電報まで打って取りに来させるくらいなのだから、きっと急を要することなのだろう。

「ヴァレオ様は、今日は書斎でお仕事をしておられます」

レディ・シャローナの急な訪問から五日経つが、それ以来、あれほど頻繁だったオルジュ家からの訪問は途絶えた。レディ・シャローナはおろか、ラスティンも訪ねてこない。縁談を断ってしまったからだろうか。

『おかげで仕事がはかどっているよ』

ヴァレオは気にするティエラに笑いながら言った。どうやら最近あまりにしょっちゅう彼らが訪れるものだから、仕事の進行に多少さしさわりが出ていたらしい。確かに、彼らが来るたびに相手をして、オペラや観劇に一緒に行ったり、夜会や舞踏会に出席していたのだから、仕事にあまり集中できなくても無理はない。

彼らの音沙汰《おとさた》がないのは気になるものの、ティエラは少しホッとしていた。あの二人はティエラをよくは思っていないので、できれば顔を合わせたくなかったのだ。

「では、書斎に行ってみます」

「ええ。お願いします。あ、オズワルド！」

階段をのぼり始めたオズワルドをティエラは呼び止めた。立ち止まって振り返った彼におずおずと口にする。

「あの、ヴァレオ様の用事が終わって領地に帰る前に少しお時間いいかしら？　話をしたいのです、その、十日前の返事を……」

その言葉で、オズワルドはティエラが何の話をするつもりなのか分かったようだ。やや緊張した面持ちになって頷く。

「はい。では仕事が終わったら、また伺います」

階段をあがって二階へ消えていくオズワルドの姿を見送りながら、ティエラは「これでいいのだ」と自分に言い聞かせていた。

ところが、すぐに戻ってくると思われたオズワルドは一向に書斎から戻ってこなかった。

玄関ホールを落ち着かなげにウロウロしながら、ティエラは不安な面持ちで二階を見上げる。

――前回はとても早く終わったのに、何かあったのかしら？

心配になり、お茶の時間にかこつけて様子を見に行こうと思い立った時、突然ティエラはヴァレオに呼び出された。

「やっぱり何かあったのね」

玄関を他の従僕にまかせて、ティエラは書斎へ向かう。

「ヴァレオ様？　ティエラです。失礼します」

扉を開けると、意外なことにそこにはオズワルドの姿はなく、椅子に腰をかけて机に向かうヴァレオ一人しかいなかった。ティエラは不思議そうに問う。

「お一人ですか？　オズワルドはどうしたのです？」

封筒に書類らしきものをしまいながら、ヴァレオはさらりと答える。

「渡そうとした書類に不備があってね、作成し直しているんだ。彼にはその間、別室で待機してもらっている」

「そうだったのですね」

やはりいつまで経っても戻ってこなかったのは、トラブルが起きていたからだった。納得したティエラは改めて姿勢を正してヴァレオに尋ねた。

「それでヴァレオ様、ご用件は何でしょうか？　お茶でしょうか？」

「ああ、用件は……ちょっとこっちに回ってきてもらえないか？」

手にした封筒を机の上に放ると、ヴァレオはティエラに手招きする。

「はい？」

ティエラは一体なんだろうと首をかしげながら大きな机をぐるりと回ってヴァレオの横に立った。するとヴァレオは椅子ごとティエラの方に向き直り、にっこり笑った。

「うん、この位置でいいだろう。ティエラ、用件というのはね」

「ヴァレオ様？」

「このことだよ」

手を伸ばしてくるなり、ヴァレオはいきなりティエラの上着のボタンを外し始める。ボタンの数が少ないため、あっという間に前が開いた。次にヴァレオはその下に身につけていたウェストコートのボタンまで次々に外していく。

「え？」

訳が分からないうちに上着を脱がされ、ウェストコートもそれに続く。

今までの経緯から早々に悟るべきだったのだろうが、ティエラは本気でこの時点になってもヴァレオの意図がまったく分からなかった。真っ昼間の書斎でそんなことは起こらないと心のどこかで信じていたからだろう。

腰を引き寄せられ、シャツ越しの胸元に顔をうずめられて、その時になってようやくティエラはヴァレオの意図を理解して仰天した。

――まさか、ここで？　こんなところで？

「ヴァ、ヴァレオ様！　まさかここで、今――？」

慌てて身体を引き離そうとするものの、がっちりと腰に腕を回されて身動きが取れなかった。

「そのまさかだ。ティエラ、今ここで君を抱きたい」

「そ、そんな！　おやめください！　だめです！　ここは寝室では……！」

「僕が呼ばない限り誰も来ないよ。気になるならここを寝室だと思えばいい」

「無理です！」

ティエラは必死だった。真っ昼間から書斎で交わるなど正気の沙汰《さた》ではない。いつ誰が来るか分からないのだ。それにこの建物の中には今、オズワルドがいる。彼の求婚を受けようと思っているのに、彼のいる目と鼻の先で情事にふけるわけにはいかない。

毎晩ヴァレオとベッドをともにし、昨夜もたっぷりと胎内に白濁を受け入れていて今さらだが、ティエラはこれだけは譲れなかった。

けれど、ヴァレオはティエラの弱点が分かっていた。彼女の身体がすでに彼に屈していることも。

「ねぇ、ティエラ。今朝は君を抱いていない。いいところで中断させられてしまったからね。君も欲求不満のはずだよ」

言いながら、ヴァレオは片手をティエラのズボンのボタンに滑らせる。ティエラは朝の出来事を思い出し、頬を赤く染めた。

今朝、ヴァレオに命じられて、ティエラは彼の肉茎に手と舌と唇を使って奉仕していた。ところがヴァレオがティエラの口の中で果てたその直後、扉の外からミセス・ジョアンが遠慮がちな声をかけてきて、中断せざるを得なかった。いつの間にか時間が経っていて、ティエラもヴァレオも起きる時間をとっくに過ぎていたのだ。

慌ててベッドから出て支度をしたが、あの時、ヴァレオはともかくティエラは肉体の満足感は得ていない。そのため、しばらくは疼いて仕方なかった。

「美味しそうに頬張っていたね。ここに欲しかっただろう？」

すっとヴァレオの手がドロワーズの中に入り込んだ。いつの間にかズボンのボタンもすべて外されている。

「……っ!?」

秘部をいきなりヴァレオの手で覆われて、ティエラは声をあげそうになった。が、両手で口を押さえてかろうじてその悲鳴を呑み込む。

「……や……やめ、ぁ……ぁあ」

指で蜜壷の入り口を浅くかき混ぜられ、ぬちゅぐちゅとドロワーズの中で粘着質な水音が聞こえてきた。一度は治まったはずの官能が、ヴァレオの声と姿、それに彼に抱きしめられたことで、再び息を吹き返していたのだ。

「ああ、こんなに濡れて……僕が欲しいだろう? ティエラ」

つぷんと指を差し入れられて、ティエラの背筋に電流のようなものが走った。トロッと胎内から蜜が滴り落ちてヴァレオの手を濡らす。

「あ……んぁ、ん、んく……」

ちゅぷんちゃぷんと、指の出し入れに合わせて、淫らな音とティエラの抑えきれない喘ぎ声が漏れる。無意識のうちに、その抽挿に合わせて腰が揺れていた。

二本の指でティエラの蜜壷をかき回しながら、ヴァレオが誘惑する。

「ねぇ、ティエラ。もっと欲しいだろう?」

両手で口を押さえながらティエラは頷きかけ、ハッとして慌てて首を横に振った。けれど、すでに目は潤み、頬は赤く染まりきっている。

それでもしばらくは押し寄せる官能の波に耐えていたティエラだったが、ヴァレオが蜜口の上にある花芯を親指で弄り始めたところで、とうとう屈した。

「っ……！　ぁっ、ん、ぁ」

絶頂が小波のように押し寄せ、ティエラの身体を何度も震わせる。

椅子に座ったヴァレオに半ばもたれるようにして余韻に慄《おのの》くその身体から、ズボンとドロワーズが剝ぎ取られても、ティエラは何も言わなかった。

「ティエラ……」

ヴァレオの前に立つティエラはもはやシャツ一枚の姿だ。そのシャツも、上のボタンを外され、合わせ目から豊かな胸の谷間が覗いている。男性用のシャツは丈が長いため、かろうじてむき出しの秘裂も白くてまるい双丘も隠しているが、そのことが却って彼女の身体を扇情的に見せていた。

それをじっと見つめながら、ヴァレオは自分のズボンのボタンに手をかけ、前をくつろげる。戒めを解《と》かれ、天を向く彼の怒張を見て、ティエラの喉がこくんと小さく鳴ったのを、ヴァレオは見逃さなかった。

「ティエラ。おいで」

手を差しのべると、彼女はふらっと足を踏み出した。

ティエラの黒い瞳はとろんと潤んで、この上なく彼の欲望を煽る。

ヴァレオは彼女の手を取り導いた。

「ティエラ、僕の上に座って」

シャツ越しに細い腰を摑んで促すと、ティエラは脚を広げてヴァレオの太ももを跨《また》ぎ、彼の肩に縋りながらゆっくり腰を落としていった。ティエラの濡れた蜜壺と、ヴァレオの太い先端がピタッと重なり合う。

「んっ……ぁっ」

鼻にかかったような声を漏らし、何かに耐えるように切なげに眉を寄せながら、ティエラはヴァレオの屹立を己の重みで奥へ奥へと受け入れていく。

「ふ……ん、ぁん、ん」

やがて、すべてを胎内に収めると、ティエラは何度も何度も背中を震わせた。そのたびに媚肉が収縮し、ヴァレオを熱く締め付ける。

「ティエラ……」

ぎゅっと腰を抱き寄せ、具合を確かめるように軽く突き上げながら、ヴァレオは囁いた。

「もう少しいい具合に仕上げておこうか」

――その言葉の意味をティエラが知ったのはすぐ後のことだった。

ギシギシとヴァレオの突き上げに合わせて、二人分の体重を受け止めた椅子が軋みをあげる。

「……んっ、あ、あっ……」

揺さぶられ、深いところを抉られ、背筋を駆け上がる快感に、ティエラはたまらずヴァレオの首に縋った。

「ティエラ……」

「あ……」

ヴァレオが唇を寄せてくる。ティエラは目を閉じ、唇を開いて深いキスを受けとめた。

舌を絡ませながら、まるでそれに合わせるかのように突き上げられ、揺さぶられる。

ティエラは上と下の口の両方でヴァレオを受け止めながら、ともに欲望のダンスを踊った。

「ぁん、んんっ、ふっ、ぁ、あ」

ずぶずぶと奥まで穿たれ、嬌声をヴァレオの口に中に放つ。思うように声があげられないもどかしさが、くすぶるような悦楽となって身体中を駆け巡る。ティエラは急速に自分が絶頂に達しようとしているのが分かった。

「ぅ、ん、んんんっ！」

耳の奥で心臓の音がドクドクと脈打っている。繋がっている場所から快感がさざ波のように湧き上がり、指の先にまで広がっていくのが分かった。

──私の中、ヴァレオ様でいっぱい……。

霞《かす》みがかった頭の中でぼんやりとティエラは考える。

自分の立場も、ヴァレオとの身分差も、ここがどこなのかも、まったく頭に思い浮かばなかった。ただただ、身体と心の命じるまま、ティエラは自分の本能に従っていた。

──嬉しい。自分の中がヴァレオ様でいっぱいなのが嬉しい。

もっとして、もっと。私の身体で欲望を感じて。私の中で欲望を吐き出して。全部全部受け止めるから。

──ヴァレオ様、好き……。

「んっ、っんん、んんんっ」

子宮の奥から強烈な絶頂の波が押し寄せる。ティエラは舌と手脚を絡ませて、ヴァレオの膝の上で絶頂に達した。

「んんっ──!」

背中が弓なりに反らされる。きゅっと媚肉が蠕動し、ヴァレオの肉茎に絡みついていく。どぷっと奥から蜜が溢れて、ヴァレオのズボンに滴り落ちていった。

「……ん……んっ……」

ヴァレオと舌を絡ませ合い、ぶるぶると全身を震わせながら、ティエラは余韻に浸る。

幸せだった。その時は。

悦楽の波の中にいるティエラを引き戻したのは、扉の外から聞こえたオズワルドの声だった。

「ヴァレオ様。モーリス様へ届ける書類の準備はもう終わりましたか？」

冷や水を浴びせられたかのように、その声はティエラを一気に現実へ立ち返らせた。

ヴァレオは唇を離し、顔をあげて扉に視線を向けると、ティエラの硬直した背中をシャツ越しに撫でながら小さな声で呟く。

「来たか……」

罪悪感に胸を引き裂かれそうになっていたティエラには、その言葉は幸いにも耳に届かなかった。

――私、また私は……！

ここがどこかということも忘れてまた淫悦に溺れてしまったのだ。オズワルドがすぐ近くにいるというのに。

ティエラはうまく力の入らない手足を動かして、急いでヴァレオから離れようとした。

ところが、ヴァレオはティエラの腰をぐっと引き寄せ、動かないように固定する。そして青ざめる彼女を面白そうに見下ろしながら声を張り上げた。

「ああ。用意できているよ。待たせてすまなかったね。入りたまえ」

「……ヴァレオ様……！」

ティエラは信じられないというようにヴァレオを見つめる。一体何を考えているのか。

──今入って来られたら、自分たちが何をしているのかすぐに分かってしまうのに！

「ヴァレオ様？　なぜ……！」

その質問を無視し、ヴァレオはティエラの胸元から覗いている谷間に顔をうずめ、チュッと大きくキスをした後、耳元に唇を寄せて耳朶に歯を立てながら妖しく笑った。

「ちょうどいい、彼にも見てもらおうか。君が誰のものかということをね」

「ヴァレオ様！」

愕然《がくぜん》とするティエラをよそに扉が開いた。思わずティエラは叫ぶ。

「入って来ないで！」

けれどもう遅かった。オズワルドが姿を見せる。

「……ああ……！」

ティエラは両手で顔を覆った。そうすれば隠してしまえるとでもいうかのように。けれどヴァレオはその手を外させ、ゆっくりと腰の動きを再開させた。

──いや！　ヴァレオ様、やめて……！

けれどその心の中の叫びは届くことはなく、ティエラの身体は再び始まった律動に反応を示す。

「あ……ああ……！」

トプンと、自分の胎内から愛蜜が零れ落ちるのを、ティエラは絶望の中で感じていた。

「これは……」

部屋に入ったとたん、オズワルドは足を止めて唖然とした。

椅子に座るヴァレオの膝の上にはしどけない姿をしたティエラが座っていた。白いシャツの裾からむき出しになった太ももがヴァレオの腰を挟み、そこからのびた素足が、椅子の軋む音と共にゆらゆらと揺れていた。いや、揺れているのは足だけではない。ヴァレオが腰を動かすたびにティエラの身体が揺さぶられていた。

「ティ……エラ……？」

信じたくなかった。けれど、二人が何をしているのかは明らかだった。

「い、いやぁ！　見ないで……！」

ティエラが真っ赤な顔で叫ぶ。けれど、いつもはきちんと結い上げている髪を乱し、羞恥に染まりながら涙を浮かべるその姿は、壮絶な色気があった。

「や、ヴァレオ様、動かないで……ああっ！」

書斎にティエラの嬌声が響き渡る。椅子の軋む音に交じって聞こえてくる、湿ったような音が何であるか、オズワルドは知りたくないが分かってしまった。

「やっ、あ、あっ、んぁ、んんっ、ご、めんなさい、オズ、ワルド！」

泣きながら、ティエラが謝罪する。それでもその口から漏れるのは悩ましい喘ぎ混じりのものだった。その声は、彼女がヴァレオとの交わりに快感を覚えていることをはっきりと示していた。

オズワルドは頭を殴られたような衝撃を受ける。

――いつだ？　いつからだ？　いつから二人はこんな関係になっていた？

少なくともティエラの様子を見る限り、一日や二日ではないことは確かだ。彼女の反応は、性交に慣れていない者の反応ではない。何度も何度も女の喜びを得た者の反応だ。

「あっ、や、ヴァレオ、様、やめて、お願い！　っぁぁああ！」

オズワルドはその嬌声に耳を塞ぎたかった。けれど、手も足も凍りついたように動かない。

ふと、オズワルドはそこで自分を見下ろした。己の欲望が膨れ上がり、ズボンを押し上げているのに気づいて愕然とする。

自分は、悲鳴をあげながら抱かれている女を見て欲情しているのか。……いや、これは悲鳴ではない。盛りのついた雌の声だ。

ヴァレオはティエラを突き上げながら、オズワルドに目を向けて嘲笑を浮かべた。

「これで分かっただろう？　ティエラは僕のものだ。君のものにはならない。させない。分かったのなら、その書類を持ってさっさと帰るんだな」

机の上に無造作に置かれた封筒を視線で示したあと、ヴァレオはティエラに向き直り、うっとり見つめながら激しく責め立てた。

「やっ、やめっ、あ、あ！」

嬌声に混じってじゅぷ、じゅぷ、と濡れた音が響いてくる。

「ああ、可愛いな、ティエラ。だめとかやめてとか言いながら、こんなに蕩けた顔をしちゃって。すごく気持ちいいんだね、いつも以上に淫らだよ。君、分かってる？」

楽しそうなヴァレオの声がオズワルドの耳を打った。

「あああああっ！」

「あはは！　ねぇ、オズワルド。知っているかい？　ティエラのいいところ。僕はよく知っている。ほら、ここだ」

細い腰を摑んでぐんっと押しつけると、ティエラの唇から甘い悲鳴があがり、背中が弓なりになった。

「あっ！　んぁ！」

「こうするとね、ティエラはいい声で啼《な》いてくれるんだ。ほら、もっと啼いてオズワルドに聞かせてあげるといい」

「あ、あぁ、あン、んんっ……ああ、ン！」

感じる場所を小刻みに突き上げられ、ティエラは喘ぎながら何度も身体を震わせた。もうオズワルドに見られていることも頭の中から消え去っていた。

「ティエラのここは数え切れないくらい何度も僕を受け入れて、もう僕の形を覚えているんだ。今もぎゅっと熱く絡みついて放そうとしない。……ねぇ、ティエラ。キスしよう？」

ヴァレオが言うと、ティエラは蕩けたような表情を浮かべたまま頷き、薄く唇を開けて素直に差し出す。

その唇に口を重ねて深いキスを始めたヴァレオの耳に、バンと扉を叩きつけるような音と走り去る音が聞こえた。

――邪魔者はこれで消えた。

ヴァレオの口元に笑みが浮かぶ。それでも彼はティエラを責める手を止めない。ずんずんと強く突き上げて、彼女と自分を追い込んでいく。

「あっ、あっ、あっ、ぁあっ、あああ！」

やがて限界が近づいてきた時、ヴァレオはティエラに一層強く自分を打ちつけながら尋ねた。

「ティエラ。中に出すよ、いい？」

おそらくティエラは何を言われているか分かっていないだろう。それでも「いいかい？」と重ねて尋ねると、長い時間をかけて仕込まれた主人への従属心が彼女の無意識の下で発現する。

「は、い。中に、ください。ヴァレオ様……！」

従順に応えると、ティエラは手と足と内壁をヴァレオにぎゅっと絡ませ、締め付ける。

ヴァレオは己を解放し、ティエラの中に熱い飛沫《ひまつ》を放った。


書斎にすすり泣きが響く。

中途半端に服を身につけたティエラは、書斎の床に蹲《うずくま》ったまま両手に顔をうずめて泣いていた。

熱に浮かされたような時間が過ぎてしまえば、後悔と罪悪感ばかりが支配する。

「……どうして？　なぜ、こんなことに……」

死ぬほど恥ずかしくて、死ぬほど辛かった。オズワルドに二人の関係を知られただけでなく、快楽に溺れた姿を見られてしまったのだ。

一体彼はどう思ったことだろう……！

「君が誰のものかはっきりさせてやっただけだよ。君が悪いんだ。僕に黙ってあいつと結婚などしようとするから。それにあいつからは君の足ぐらいしか見えていない」

ヴァレオは椅子に腰掛けたまま悪びれることもなく答える。ティエラは顔をあげてキッとヴァレオを睨みつけた。

「私たちの関係がオズワルドに知られてしまったのですよ！　これがどういうことか分からないのですか！　きっとお父さんにも知られてしまう。そうしたら私はヴァレオ様のお傍にいられなくなるんです！」

おそらくオズワルドは領地に帰ってモーリスにこのことを報告するだろう。そうなったらティエラは父の手によって、おそらく執事を解任されて別の土地に追いやられるだろう。もう二度とヴァレオと会わせないように。

「モーリスのことは僕に任せればいい。心配いらないよ」

椅子から立ち上がると、ヴァレオはティエラの横にひざまずいて彼女をそっと抱き寄せた。

「引き離される心配はしなくていいんだ。僕は君を絶対に離さないし、モーリスにも文句は言わせない。だって――君は僕の妻になるんだから」

「――え？」

ティエラは呆然と顔をあげた。

「妻になる？　私が、ヴァレオ様の？」

「ああ。もともとそのつもりで準備をしてきたんだ。だから心配はいらない」

ヴァレオの言っていることが頭で理解できた瞬間、ティエラは自分の顔から血の気が引くのを感じた。頭を激しく横に振る。

「……だめ、です！　だめです。私はヴァレオ様と結婚などできません！　だって私は労働階級の人間です！　誰も許してくれません」

けれど、ヴァレオはティエラの恐れを知る由もなく、あっさり一蹴した。

「そんなことはない。誰も反対などしない。まだ詳しくは言えないけれど、君は労働階級の人間ではないんだ。それが知れ渡れば反対する者はいない。……まあ、モーリス以外はね」

「そんなばかな」

労働階級の人間ではない？　執事は間違いなく労働階級の人間だ。

誰も反対などしない？　おそらく誰も彼も反対するだろう。きっと今までティエラたちの情事を黙認していたミセス・ジョアンたちもこのことばかりは反対に回るに違いない。

この結婚は互いを不幸にするからだ。

身分差のある結婚は貴賤結婚と呼ばれる。この国には貴賤結婚を禁じる法律はないが、好ましくないと見なされる。特に社交界ではそうだ。貴族は貴族同士、庶民は庶民同士で結ばれるべきだと考える人は多い。だからそこから逸脱した人間は白い目で見られ、縁を切られることもあるのだという。

――それはティエラがもっとも恐れていたことだった。

労働階級のティエラではヴァレオの妻に相応しくない。もし結婚すればティエラの存在はヴァレオの輝かしい未来の足枷になってしまうだろう。

「大丈夫だ、ティエラ。何も心配はいらない。全部僕に任しておけばいい。君は僕の傍にいて、ただ笑ってくれていればいいんだ」

ヴァレオは優しくティエラを抱きしめて額にキスを落とした。

だがそれは、決してティエラの心を安心させるものではなかった。


気だるい身体を引きずって自室へ戻ると、ティエラはベッドに顔をうずめた。

——何よりも大切な大切なヴァレオ様。

ラスティンが以前言っていたような分不相応な想いなど持ったことはない。ただ、傍にいられればよかった。……けれど、ヴァレオの傍にいたいと思うこと自体が分不相応だったのかもしれない。

ティエラは今になってそう感じていた。

今までティエラは、「ヴァレオの傍にいる」というただそれだけのために生きてきた。オズワルドとの結婚を承知したのも、すべてはヴァレオの傍にいるためだった。でもそれは、本当にヴァレオ本人のためになっていることだろうか？

とてもそうは思えない。現にヴァレオはティエラとの不名誉な噂を立てられている。

「……私は、ヴァレオ様から離れるべきなのかもしれない」

ヴァレオと二度と会えなくなる。そう思うだけで胸がつぶれそうに痛む。けれど、ヴァレオの重荷になることはもっと嫌だった。彼には相応しい場所で幸せになって欲しいのだ。亡くなったアークライド伯爵夫人と母のヴァイオレットが望んだように。

——自分の存在がその幸せの妨げになるのであれば、私は私自身をヴァレオ様から排除しなければならない。

ティエラはベッドから昂然と顔をあげ、立ち上がった。

その心はすでに決まっていた。

——ヴァレオ様から離れよう。

こんなことになる前にもっと早くそうするべきだったのだ。誰よりも大切なヴァレオの人生に傷をつける前に。

ティエラがいなくなればヴァレオはきっと捜そうとするだろう。だから彼が容易に捜し出せないように遠くへ行くのだ。

「ヴァレオ様、大好きです。愛しております」

彼によって子種を注ぎ込まれたばかりの子宮をそっと撫でながらティエラは呟いた。そしてそれは紛れもない自分の本心なのだと、突然天啓のように悟った。

ティエラはヴァレオを愛していた。家族にように、弟のように、主として——そして異性としても。

あんなに離れたくないと強く思ったのは忠誠心のためではない。約束したからでもない。ティエラがヴァレオを愛していたからだ。誰よりも強く、誰よりも激しく。

「……でも。愛しているからこそ、お傍にいられないのです」

愛する男の足枷になるくらいなら、ティエラは自分の手足を切り落とすだろう。自分が辛いことはいくらでも我慢できる。けれど、ヴァレオが不幸になることだけは許せなかった。

「愛しております、ヴァレオ様」

本人には決して永遠に言えない言葉を胸にいだきながら、ティエラは何度も何度も呟いていた。

＊＊＊

「くそ、くそ、くそっ！」

一方、書斎から飛び出したオズワルドは、廊下ですれ違った侍女やミセス・ジョアンがびっくりするのを横目に、罵《ののし》りながら玄関に向かった。

ここから一刻も早く出て行きたかった。

誰の呼びかけをも無視し、振り切るように早足で屋敷から出たオズワルドは、門から外へ出てようやく立ち止まった。

ホッと息を吐く。屋敷を離れて、やっと息ができる気がした。

気を落ち着かせるために何度も深呼吸をしていたオズワルドは、その時ふと、ずっと手に握り締めていたものがあることに気づいた。

それはヴァレオがモーリスに渡すように言っていた封筒だった。あんな状況でも自分は律儀に手にとっていたらしい。

自嘲の笑みを浮かべながら、オズワルドは封筒の封を破った。職務上の倫理などどうでもよかった。モーリスからの信頼も、もうどうでもいい。重要な書類だというのなら、どこかに捨ててしまえばいい。そのくらいの嫌がらせは許されるだろう、そう思っていた。

ところが封を破って、中の書類を取り出したオズワルドは愕然となった。書類はどれも白紙だったのだ。

オズワルドの目の前が怒りで真っ赤に染まった。

手の中で書類がグシャと握りつぶされる。

「ヴァレオ・アークライド――！」

往来で咆《ほ》えながら、オズワルドはヴァレオを口汚く罵る。

最初から仕組まれていたのだろう。必要のない書類を取りにこさせて、わざと一時間後に取りにくるよう指定し、隣の部屋にオズワルドを待機させた。そして頃合いを見はからって見せつけたのだ。オズワルドを追い払うために。ティエラから手を引かせるために。

おそらく誰かから……もしかしたらティエラの口からかもしれないが、オズワルドが彼女に求婚したことを聞き及んだのだろう。だからああいう手段に出たのだ。

──許さない。絶対に。

「必ずティエラは取り戻す！　お前の汚れた手になど彼女は渡さない！」

叫んだ直後、オズワルドは後ろから声をかけられた。

「失礼。もしかして君は、アークライド家の従僕かな？　ミス・ルーシャーと結婚するはずだった……」

振り返ったオズワルドの目の前には、いかにも貴族といった出で立ちの青年が立っていた。

「すまない。ちょうど馬車で通りかかって知った名前が聞こえてきたのが気になってね。僕はラスティン・オルジュ。オルジュ伯爵家の嫡男だ」

「オルジュ伯爵家の？」

オズワルドは眉をひそめた。その名前は知っている。ヴァレオ・アークライドの友人だと聞いている。

「オルジュ伯爵家の方が俺に何のご用でしょうか？」

ラスティンは安心させるように、にこっと微笑んだ。

「話をしないか？　君と僕の望みはおそらく一致する。僕はきっと君の力になれると思うよ」

＊＊＊

オズワルドがアークライド家の従僕を辞めて屋敷を出て行ったというモーリスからの手紙が届いたのは、それから三日後のことだった。

モーリスは留まるように説得したが、オズワルドの辞意は強く、引きとめられなかったようだ。次にいい職場につけるようにと紹介状を渡して、それを受け取って屋敷を出て行ったと、手紙には書かれてあった。

——私のせいだ。

確かにオズワルドはティエラと結婚するためにアークライド家を去ると言ってはいたけれど、それはもっと先の予定だったはずだ。こんなに急に辞めたのはティエラとヴァレオの情事を見せつけられたからに違いない。

「君のせいじゃない。まったく、こんな手紙を出してティエラの罪悪感を煽るなんて」

手紙を手に報告に行くと、ヴァレオはもう辞めたオズワルドのことよりも、なぜか父のモーリスに腹を立てているようだった。

「父は関係ありません。それより、オズワルドが辞めたのは私たちのせいなんですよ」

ヴァレオはオズワルドのことはどうでもいいようだった。罪悪感もないらしい。彼は眉を上げて冷たい口調で言った。

「君を僕から奪おうとした奴の心配など、なぜしなければいけない？　そもそも奴はモーリスのお膳立てがなければ君に近づけもしなかった男だ。僕が結婚に反対した時も、僕に直接抗議することもなく、そのままそれを受け入れたんだよ？　奴は君を得るために何か努力をしたかい？　何もしていないさ。せいぜい仕事を辞めることにして君に求婚したくらいだ」

「それは……」

そう言われると確かにそう思えてしまう。もっとも、だからと言って、オズワルドがあんな仕打ちを受けるいわれはない。

「その求婚の時も僕に直接ぶつかってくることもなく、君に僕への対応をすべて押し付けるつもりだったようだね。哀れな君は、僕の怒りを奴の分まで一身に浴びることになった、というわけだ。一方、あいつは安全な場所で見守っていただけ。とんだ騎士《ナイト》だな。僕に言わせればあの男は単なる意気地《いくじ》なしだよ。ティエラが悲しむ必要はない」

そう言うと、ヴァレオはテーブルの上にモーリスからの手紙を放り投げ、自室のソファから立ち上がる。

「そろそろ時間だ。事務所に行ってくる」

「はい」

ティエラも立ち上がり、ヴァレオのコートとカバンを手に一緒に部屋を出た。玄関ホールに到着すると、ティエラはコートを広げてヴァレオに着せたあと、最後にカバンを手渡した。

「行ってらっしゃいませ、ヴァレオ様」

「ああ。行ってくるよ、ティエラ」

ヴァレオはティエラからカバンを受け取り、扉に向かいかけて、ふと足を止めて振り返った。

「ああ、それから。明日から数日ほど遠出をする予定だ。留守にするから、その間屋敷のことを頼むね。多分、二日か、長くても三日あれば戻れるはずだ。できれば日帰りにしたかったが、それは難しいみたいだから」

「遠出ですか？　分かりました。留守はお任せください」

ティエラが力強く頷くと、ヴァレオは微笑んだ。

「頼んだよ」

「はい」

仕事に向かうヴァレオを、笑みを浮かべて見送ったティエラは、彼の乗った馬車の姿が見えなくなったところで、すっと微笑を消した。

「ヴァレオ様……」

ヴァレオの傍から離れる――。そう心に決めたティエラは、彼との残り少ない時間を惜しみ、一分一秒でも長くいたいと甲斐甲斐しくヴァレオの世話をしていた。それはまるで関係が変わる前の日常に戻ったかのような睦《むっ》まじさだった。

もちろん、今でも二人は毎晩のように交わり、ティエラはヴァレオの白濁を胎内に受け続けている。変わったのはティエラが逆らわなくなったことだ。ヴァレオのすることはすべて受け入れた。今この時にも、ティエラの子宮はヴァレオの放った白濁で満たされ、隘路からはじわじわとそれが染み出している。

この濡れたような感触も、下腹部の違和感も、ここ数か月の間にすっかりなじみになってしまった。決して心地よいとは思えない感触だが、今のティエラにはそれすらも愛おしい。

――ヴァレオ様。

今朝の交わりを思い出し、下腹部を甘く締め付ける余韻に浸っていたティエラは、ふとヴァレオの馬車と入れ替わるようにして門から入ってこようとしている馬車に気づいてハッとした。

ている。そのためにはヴァレオに憎まれてもいいから、原因となるものを排除しようとしているところも。違うのは排除する側と排除される側であるということだけ。

ラスティンはティエラの表情をちらりと見て続けた。

「もちろん、君にもこの先の生活があるのだから、突然アークライド家を辞めろと言われても、簡単に頷けるものではないだろう。そこで、君がもしヴァレオと離れて二度と彼に会わないと約束してくれるのなら、僕ができる限りのことをしよう。約束する。君がここを離れても後のことは心配いらない。職も斡旋《あっせん》するし、生活も保障しよう」

「それは……」

それはティエラにとっては願ってもない話だった。きっとラスティンのことだ、ヴァレオの手の届かない場所に匿《かくま》ってくれるだろうし、彼の紹介なら仕事場も確かなところだろう。自分一人だけならヴァレオと離れるのは難しいけれど、彼の手を借りればそれができる。

頷けばいい。「はい」と一言いえばいい。……それなのに、手足が重く、口も凍りついたように動かなかった。

しばらく経っても無言のままのティエラに、ラスティンは言う。

「もちろんこの場ですぐ決めろという訳じゃない。簡単に決められることではないだろうからね。だから少し考えて、また後日返事を聞かせてくれ。ヴァレオがいない時に僕が頻繁に訪れれば、彼に気取られるから……そうだな。返事は、面倒でなければオルジュ邸へ来てくれ」

「……分かり、ました。考えさせてください」

ティエラにかろうじて言えたのは、それだけだった。

＊＊＊

ラスティンの申し出を受けるべきなのだろう。それなのに、ティエラは一日経っても答えを出せないでいた。

いい話だと思うのに、どこか躊躇してしまうのは、ラスティンがティエラの存在を快く思っていないからだろうか？

……いや、きっとティエラがヴァレオと離れがたいと思っているからだろう。離れなければと思う一方で、離れたくないと、何とか方法はないものかと思っている自分もいて、ティエラの気持ちは袋小路《ふくろこうじ》に迷い込んでいた。

そんな彼女を引き上げてくれたのはマダム・エイブリーだった。

「ミセス・ジョアンが悩んだ末に教えてくれたの。あなたの力になってあげてほしいと」

そう言ってマダム・エイブリーがアークライド邸にやってきたのは、ヴァレオが遠出に出かけた次の日のことだった。

「ミセス・ジョアンが……」

「彼女たちは雇い主のヴァレオには逆らえない立場でどうすることもできないけれど、みんなあなたのことを心配しているわ」

「……私、執事失格ですね」

ティエラの顔は泣き笑いになった。皆が心配そうに見ているのは分かっていた。何か言いたそうにしているのも。言わなかったのはおそらく、ヴァレオに口止めされていたからなのだろう。それが分かっていながら、中途半端に流されて、ずっと心配をかけ続けていたのだ。

「そんなことはないわ。さぁ、ミセス・ジョアンたちの心配を払うためにも、何があなたをそんなに悲しませているのか教えてちょうだい」

かつてのように「教師」の口調でマダム・エイブリーはそう言ったあと、肩をすくめて付け加えた。

「まぁ、だいたい何があったのか予想はできるけど。……あのね、ティエラ。あなたは気づいていないようだけど、耳の後ろに赤い鬱血痕《うっけつこん》があるわ。つけたのはヴァレオね」

マダム・エイブリーが右の耳の後ろを示す。ティエラは仰天してそこに触れた。普段は髪をアップにしているため、そこは髪の毛で遮られることなく晒されている。つまりティエラはずっとヴァレオとの情事の証を晒して歩いていたのだ。

カァッと顔が真っ赤に染まった。

「なんてこと……」

「ヴァレオがわざとつけているのでしょう。仕方のない子ね」

苦笑するマダム・エイブリーの顔には主人と使用人の一線を越えたティエラたちに対する怒りも蔑みも見当たらなかった。

「マダム・エイブリーは……怒らないのですか？　私たちを。主に抱かれている私を、愚かだとは思わないのですか？」

「淫売」とレディ・シャローナに罵られたことや、ラスティンの視線に見え隠れする蔑みが、ティエラの心を深く傷つけていた。もしマダム・エイブリーにも同じような目で見られたらと思うと怖くて、ティエラはこれまで同じ王都にいる彼女に会いに行くこともできずにいた。

そっと手を伸ばし、ティエラの頭を撫でながら、マダム・エイブリーは微笑んだ。

「いいえ。怒ってなどいないわ。あなたをこんなに悲しませるヴァレオには怒っているけれど」

「マダム・エイブリー……」

ティエラの目に涙が浮かんだ。

「さぁ、何があったか話して」

マダム・エイブリーに促され、ティエラは泣きながら語っていた。今までのこと、オズワルドのこと、そしてヴァレオに妻にすると言われたこと、ラスティンに彼から離れろと忠告されたことも。

「私はヴァレオ様の足枷にはなりたくないのです。だから離れなければと思うのに、でも離れたくなくて……！」

ポロポロと涙を流すティエラにそっと寄り添い、肩を抱きしめながらマダム・エイブリーは言った。

「ティエラ。あなたはヴァレオの足枷などではないわ。あなたがいるから彼はあの若さでこのアークライド家を背負って立っていられるの。オルジュ家の青二才の言うことを真に受けてはだめよ。あなたがヴァレオの足を引っ張ることは今までもなかったし、これからもありえないわ。私が保証します」

ティエラが落ち着くのを待ってからハンカチでティエラの涙を拭うと、マダム・エイブリーは背筋を伸ばした。それは重要なことを教える時の彼女の癖《くせ》だ。生徒だったティエラは反射的に同じように姿勢を改めた。

「これは、本来であればモーリスがあなたに伝えなければならないことよ。でも彼は言わないし、ヴァレオもモーリスの気持ちを慮ってギリギリまであなたに言わないでしょう。

だから私の口から言うわね。……ティエラ。あなたは自分を労働階級だと思っているけれど、本当は違うの。あなたは貴族よ。本当の名前はティエラ・ブライルズ。ブライルズ男爵令嬢。それが本来のあなたよ」

「え？」

ぽかんとティエラの口が開いた。

「男爵令嬢？　……いえ、それは間違いでは？　父のモーリスはブライルズという名前ではないし……」

マダム・エイブリーは微笑んだ。

「だから彼も偽名なの。本当の名前はモーリス・ブライルズ男爵よ」

唖然とするティエラに、マダム・エイブリーはブライルズ男爵家の話を始めた。

ブライルズ男爵家はこの国の南方にある辺境に領地を持つ比較的古い家柄の貴族だった。けれど、モーリスの父――つまりティエラの祖父の時代に没落し、土地も財産も失って爵位だけになってしまったのだという。

たとえ爵位を持つ貴族でも、土地も財産もなくなってしまえば庶民と同じだ。食べるためには働かなければならない。モーリスは爵位のことは隠し、庶民に交じり同じように働いて生きていくことにしたのだ。

「でも爵位はまだ彼が持っているわ。貴族名簿にもちゃんと記されている。だから彼も、その子どものあなたもれっきとした貴族なの。それにね、あなたの母親のヴァイオレットも貴族なの」

「え？　お母さんも？」

「ええ。実はヴァイオレットの方がすごいわ。モーリスと駆け落ちするまでは侯爵家の令嬢だったんですもの」

亡き母親までも貴族だったと聞かされて、ティエラは心底驚いていた。二人ともそんなことは一言も言っていなかったからだ。

……ただ思い当たる節《ふし》はあった。父も母も庶民出身にしてはかなり教養が高かったのだ。字の読み書きができただけでなく、数ヶ国語を操り、色々な学問にも造詣《ぞうけい》が深かった。だからこそ母はヴァレオの乳母を務めたあと、世話係と家庭教師まで兼任していたのだ。

もし二人が貴族だったのなら、それも頷ける。

「だからね、その両方の血を引くあなたは間違いなく貴族なのよ」

――貴族？　私が……？

しばし考えたあと、ティエラは首を横に振った。

「いいえ、マダム・エイブリー。私は労働階級の娘です。そう思って育ちました。私は貴族ではありません」

貴族を貴族たらしめているのは血だけではない。貴族として生まれ育ち、教育を受けること。家と家名、そして領民たちを背負うという自覚こそが貴族にしているのだ。血を継いでいるだけでは貴族であると言えない。

ティエラは庶民として育ち、自覚も背負うものもない。これではとても貴族とは言えないのだ。

「貴族としての教育を受けている――育ちが重要なのだということは、マダム・エイブリーが誰よりも分かっているはずです」

「ええ。分かっているわ。だから私があなたの教師になったの。――貴族の令嬢としての教育を受けさせるためにね」

大きく目を見開くティエラに、マダム・エイブリーは優しい笑みを向ける。

「あなたはヴァレオの傍らで貴族がどういう存在なのか、何を背負っているのか、つぶさに見て育ったわ。そして私からは淑女としての教育を受けた。その結果、あなたはどこに出しても恥ずかしくない令嬢に育ったわ」

それからマダム・エイブリーはさらにティエラを驚愕させることを言った。

「ディエゴは、あなたを最初からヴァレオの妻にするつもりだったの。そのために私を教師につけ、執事としてあなたを表に出すことで、友人の貴族たちに周知させたのよ。あなたはディエゴの友人たちをその人柄で、立ち居振る舞いで、感心させて認めさせた。この意味が分かるかしら？　私を含めてディエゴの古い友人たちはあなたをすでにヴァレオに相応しい女性だと認めているのよ。それはあなたがヴァレオと結婚したあとで大きな力になるはず」

「ま、待ってください、妻？　ディエゴ様は私をヴァレオ様の伴侶にするために執事に据えたというのですか？」

ティエラはすっかり混乱していた。自分が貴族の血を引いているというだけでも驚きなのに、執事になったことにそんな意味があったとは思ってもみなかったのだ。

「……ヴァレオ様はそのことを、ご存知だった？」

もしかして、だからヴァレオはティエラがオズワルドと結婚しようとしていることを知って怒ったのだろうか？　ティエラがただの使用人ではなく、いつか自分の伴侶になる相手だと思っていたのなら――。

「もちろん、知っているわ。ディエゴがあなたをヴァレオの妻にすると決めたのも、もともとはヴァレオがあなたと結婚したいと言い出したからですもの。十二歳の時だったかしら？」

「十二歳!?」

十二歳の誕生日、欲しいものはあるかとディエゴに聞かれたヴァレオは「ティエラを僕の妻にしたいです」と答えたのだという。

「あなたを妻に迎えるには、色々と越えなければならない障害がある。そう言ってディエゴはヴァレオに条件を付けたわ。友人たちにティエラを認めさせることもそうだし、後継者として二十歳までに実績を出すこともそう。まぁ、その前にディエゴは亡くなってしまったけれど、この二年間でヴァレオはディエゴの跡を立派に継いでいることを証明しているわ」

「そんな、ことが……」

「ティエラ。ヴァレオはあなたを妻に迎えるために、ずっと努力してきたのよ。この二年間は特にね」

ティエラは以前ヴァレオがオズワルドのことを「ティエラを得るために何も努力していない」と嘲っていたことを思い出していた。彼がオズワルドに腹を立てたのは当然かもしれない。ヴァレオはティエラを得るために知らないところで努力をしていた。ところがオズワルドは、モーリスに見込まれたというだけでティエラを手に入れようとしていたのだから。

そこまで考えてティエラはハッとなった。

「……もしかして、お父さんは私がヴァレオ様の妻になることには反対なのですね？」

そうでなければ、噂を打ち消すためにオズワルドと結婚させようとするわけがない。

「ええ。モーリスは反対しているわ。ずっとね。庶民として生まれ育ってきたあなたは、貴族の妻となるより、庶民と一緒になった方が幸せになれると思っているの」

マダム・エイブリーは手を伸ばし、ティエラの手を優しく取った。

「私にはどちらがよりあなたを幸せにするかなんて分からないわ。きっと両方ともそれぞれに幸せがあって不幸せがあると思うの。だから、貴族とか庶民とかそんなことは考えずにあなたの心に従えばいいのよ」

「私の、心……」

「ヴァレオの心はもうとっくに決まっているもの」

「でも、それは……十二歳の時のことですよね？」

ずっと感じていたこと。――それは、ヴァレオがティエラにこだわるのは母親たちを亡くしたあの時のことがあるからなのではないか、ということだ。

あの頃、ヴァレオはずっとティエラの傍を離れなかった。大切な人たちを突然失い、唯一残ったティエラに執着し、失うことを恐れていた。今の気持ちもそれの延長なのではないだろうか？

何度肌を合わせようが、その想いはティエラにずっとついて回っていた。

「決めつけてはだめよ、ティエラ。あなたはヴァレオの気持ちを幼い頃からの親愛と執着だけと思っているようだけど、私はそうは思わないわ。愛は見えないし、量れないものよ。誰がそれを決めるの？」

ポンポンと励ますように手を叩きながら、マダム・エイブリーは微笑んだ。

「ティエラ。一度ちゃんとヴァレオとお互いの気持ちについて話をしてみてちょうだい。言葉にしなくても相手が自分の気持ちを分かっているはずだと思っているなら大間違いよ。それから心を決めても遅くはないでしょう？　一つだけ言えるのは、私やディエゴの友人たち、それに使用人のみんなはあなたとヴァレオの味方だということよ」

「……はい。ありがとうございます」

自分は恵まれているとティエラは思った。支えてくれる人たちがいる。味方だと言ってくれる人たちがいるのだから。

「私、ヴァレオ様が帰ってきたら、話をしてみようと思います」

――ヴァレオと向き合おう。

自分の気持ちを彼に正直に伝えるのだ。

マダム・エイブリーを見送りながら、ティエラはそう決心していた。

＊＊＊

ティエラがマダム・エイブリーと話をしていた時、ヴァレオはアークライド領にある本宅を訪れ、執務室にモーリスを呼び出していた。

「いい加減に僕の邪魔をするのはやめてもらおうか、モーリス」

「……邪魔などしておりませんが？」

「オズワルドを焚《た》きつけて王都に送り込んだくせに、よく言う」

ヴァレオは薄く笑うと、机の前に立つ背の高いやせた男を見上げた。モーリスは茶色の目で淡々と主を見返した。

「ヴァレオ様こそ、わざわざオズワルドを呼び出して白紙の書類を運ばせようとしたではありませんか。おかげで私は優秀な部下を一人失いました」

「あんな意気地なししか良い人材がいなかったとはね」

揶揄したあと、ヴァレオは椅子の背もたれに背中を預けた。

「まあ、あいつのことはいい。モーリス、僕はもう二十歳になった。懸念はすべて解消され、ようやく準備が整った。ティエラは僕の妻にする——君にはこれ以上邪魔をしないでもらおう」

するとモーリスはピクリと眉を反応させて硬い声で返した。

「私は認めません。労働階級である娘は、あなたの身分に相応しい相手ではありませんから」

「身分？　君もティエラもヴァイオレットも、貴族じゃないか」

「私たち一家は貴族であることを辞めたのです。今はただの庶民。労働階級です。それなのに、娘をアークライド家の奥方に据えるというのであれば、私はこの家の家令を辞めてでも、阻止します」

その声は本気に聞こえた。

「きっとモーリスはそう言うと思っていたよ」

ヴァレオは笑って、引き出しの中から大きな封筒に入った数枚の書類を取り出し、モーリスに差し出した。モーリスは怪訝そうに受け取り、茶色の封筒を見下ろして尋ねる。

「これは？」

「父上が僕に残してくれた調査報告書だ。見てごらん」

「失礼します」

モーリスは封筒から数枚の紙を取り出し、その書類に目を通していく。ピクリと眉があがった。

それはモーリスの素性や亡き妻の素性を調査した報告書だった。

上の二枚に目を通したモーリスはそっけなく言う。

「……この程度のことであれば、すでに私が亡きディエゴ様にお話ししてあります」

「いいから、最後の一枚を読んでみて」

ヴァレオは笑みを浮かべながら書類を示した。三枚目の書類――つまり最後の一枚に目を落としたモーリスは目を見開いた。

「な、なぜ、これを？」

モーリスは愕然とする。その紙には自分たち夫婦しか――今ではモーリス一人しか知らないはずの、ある事実が記されていた。

ヴァレオはめったに動じない男の驚愕に悦に入ったように笑った。

「父上がかなり前に調査させたものだ。その当時はまだ侯爵家にもかろうじて古参の使用人が残っていて、色々話を聞けたようだね。ああ、安心して。今はみんな散り散りになっていて、同じような話を聞くことは不可能だろうから。その最後の報告書は推測が交じっているけど、聞いた話とティエラの出生日や父の話などを総合して導き出された答えだ。君の今の様子を見れば当たっているようだね」

モーリスの口から掠れたような声が漏れた。

「これを……ディエゴ様もご存知だったと……？」

「ああ。かなり早い段階でね。君の性格を知って、ティエラの産み月に疑惑を抱いたそうだ。結婚前に君がヴァイオレットに手を出すはずはないと。君はこのことがあるから、僕とティエラの結婚に反対するんだろう？」

「……ティエラは……ヴァレオ様に、このアークライド家には相応しくありませんから」

書類を食い入るように見つめながら、モーリスは搾り出すように言った。ヴァレオはむっと口を尖らせる。

「誰が相応しいか、それを決めるのは僕だ。それに父上は知った上でティエラを僕の伴侶になるように育てた。この意味は分かるだろう？　僕も父上も気にしてはいない。……まぁ、そもそも僕は君の許可が必要だと思ってないしね」

傲慢にも思える口調で言うと、ヴァレオはモーリスに冷たく告げた。

「このことを知るのは亡き父上と、この報告書を作成した父の部下と、僕だけ。調査した父の部下は、今はもう病気で亡くなっている。つまり、このことを知っているのはもう僕とモーリス、君だけだ。そして僕は君が誰よりもティエラを娘として愛し、慈しんでいるのを知っている」

書類から顔をあげて、モーリスは硬い表情で尋ねた。

「何が……言いたいのです？」

にっこりとヴァレオは笑った。

「君が何よりも恐れているのはティエラ本人にこれを知られることだろう？　だから僕はティエラのためにこのことを一生誰にも言わないと約束しよう。もちろんティエラ本人にもね。この書類も処分する。……その代わり、君には僕とティエラの結婚を認めてもらう。いや、認めないまでも、反対はしないでもらおう。僕が言いたいのはそれだけだ」

「……」

長い間モーリスは返事をしなかった。ヴァレオが痺れを切らして口を開こうとしたその時、モーリスは書類を封筒に入れて、主人に返しながらポツリと呟いた。

「あなたの妻になって、あの子は幸せになれますか?」

「幸せになるんじゃなくて、するんだよ」

尊大な口調でヴァレオが答える。それを聞いて、ふっとモーリスの口元が緩んだ。

「決めるのは娘です。私がこれ以上とやかく言うことはないでしょう」

それは彼らしい全面降伏の言葉だった。

「約束しよう」

ティエラの幸せを。秘密の沈黙を。

男二人は無言の誓いを交わした。

＊＊＊

マダム・エイブリーが来た翌日、ティエラはオルジュ伯爵邸を一人で訪れていた。

その家の執事に応接室へ通され、豪奢な部屋で待ちながらティエラは居心地の悪さを覚えていた。使用人の自分がまさか応接室へ通されるとは思っていなかったのだ。

落ち着かない気持ちで待っていると、しばらくしてラスティンが姿を見せる。

「やあ、よく来たね」

にこやかに挨拶をしながら応接室へ入ってくるラスティンをティエラは立ち上がって迎

え、頭を下げた。

「お時間をいただきありがとうございます」

「いや、こちらこそわざわざ来てもらってすまなかったね」

いつにない愛想のよさに、ティエラはますます居心地の悪さを覚える。一介の執事のために応接室を使うこと、ことさら丁寧なこの家の執事、それにラスティンの態度。どれもがティエラの返事に対する期待感を表しているようで、困ってしまう。自分はこれから彼の望まない返事をするつもりなのに。

ラスティンの後から先ほどここへ案内してくれた執事がお盆を手にして入ってきて、高そうなティーカップに入ったお茶をティエラの前に置いていく。

「あの、お構いなく」

ティエラの向かいに腰をおろしながらラスティンは笑った。

「遠慮しなくていい。ああ、それは最近懇意にしている商社から取り寄せた珍しいお茶なんだ。せっかくなので飲んでみてくれ。気に入ったのならヴァレオに商社を紹介しよう」

「ありがとうございます」

そこまで言われたら飲まないわけにはいかない。ティエラは着席すると、カップを手に取った。芳醇なお茶の香りが鼻腔をくすぐる。さすが名門貴族だけあって良い茶葉を購入しているようだ。

気を失ったティエラの身体を、執事が背負って馬車へと運んでいく。彼は裏門に待機していた小さく質素な馬車の荷台に彼女の身体を横たえさせると、御者へ声をかけた。

「例の場所まで。頼んだぞ」

馬車が動き始める。やがてティエラを乗せた馬車はオルジュ伯爵邸を出て、いずこかへ去っていった。

第五章 主従を越えて

翌日、蒸気機関車と車を使い、昼過ぎに王都の屋敷に着いたヴァレオは、中に入る前に屋敷の中が騒然としていることに気づいた。

「ヴァレオ様! ティエラが帰って来ないのです!」

玄関ホールに入るなり、ミセス・ジョアンが青ざめた顔で駆け寄ってくる。

「ティエラが?」

ヴァレオの表情がサッと曇る。

「いつからいなくなったんだ?」

「今朝からです。昼前には必ず戻ってくるからと行き先も言わずに出て行ったのですが、昼が過ぎても帰って来ないのです!」

「昼前か。……少なくとも三時間は過ぎているな」

懐中時計を見ながらヴァレオは呟く。使用人の外出が数時間長くなっても普段はほとんど心配しない。道が混んでいたり、知り合いと立ち話をしたりすればすぐそのくらいの時間は経ってしまうからだ。けれど、ことティエラに関しては別だ。

ティエラは真面目できっちりとした性格だ。彼女が昼前に戻ると言ったら必ず戻ってくる。時間通りでない場合は何か大変なことが起きた時だけだ。

「どこに行ったか、誰か知っている者はいないのか？」

「それが、みんなに聞いて回ったのですけど、誰も知らないのです。ああ、どうしましょう！　きっとあの子に何かあったのです！」

「落ち着いて、ミセス・ジョアン。とにかく、心当たりがある場所をしらみつぶしに探すことにしよう」

言いながら、ヴァレオも嫌な予感に襲われていた。

「そう、そうですね、人を動員して……」

ミセス・ジョアンの言葉が途切れる。理由はすぐにわかった。外で馬車の音がしたからだ。ティエラが帰ってきたのかと、我先にと玄関から外へ出た一同は、失望の吐息をつく。馬車はエイブリー家のもので、停まった馬車から出てきたのはマダム・エイブリーだったからだ。

「こんにちは！　あら、ヴァレオ。どうかしたの？」

何も知らないマダム・エイブリーは、息せき切って扉から出てきたヴァレオたちを不思議そうに眺めた。

「……マダム・エイブリーこそ、今日は何のご用件で？」

何しに来たと言わんばかりのヴァレオの口調に、マダム・エイブリーは眉を寄せた。

「ぶしつけな質問だこと。でも今日はあなたに会いにきたのではないの。ティエラに会いにきたのよ。今日返事をしに行くと言っていたから、どうなったか気になって。ティエラは？」

「ティエラは……」

言いかけたヴァレオはまじまじとマダム・エイブリーを見つめた。

「もしかしてマダム・エイブリーは、今日ティエラが出かけた先がどこか知っているのですか？」

そのヴァレオの声と口調に、マダム・エイブリーはすぐさまティエラの身に良くないことが起こったのだと察した。

「ティエラに何かあったのね？」

「朝出かけたきり帰ってこないのです！」

答えたのはミセス・ジョアンだ。マダム・エイブリーはその言葉だけで状況が分かったらしい。頷くと、ヴァレオに向き直る。

「ヴァレオ。ティエラが向かった先はオルジュ伯爵家よ。そこの嫡男があの子に職を斡旋するからあなたの前から消えろと言ってきたの。今日ティエラはその返事を叩き返しに行ったはず」

「ラスティンか……」

ヴァレオは目を細めた。

「け、警察を呼びますか？」

青ざめたミセス・ジョアンがヴァレオを見る。ヴァレオは首を横に振った。

「いや、白を切るだけだろう。屋敷から運び出されてしまえば、捜索しても何も出て来ないだろうしね。僕が行って聞き出すよ」

傍に控えていた従僕に目を向けると、彼は心得たように頷いた。

「すぐに馬車のご用意をします」

準備がととのう間、ヴァレオは懐から拳銃を取り出し、弾数を確認する。再び上着の内ポケットにそれをしまったヴァレオに、マダム・エイブリーが近づいた。

「ヴァレオ。ティエラを見つけたら、ちゃんと話をするのよ。ティエラにも話したけれど、あなたたちは近すぎるせいか、自分の気持ちを相手に伝えることを怠《おこた》っているわ。自分がどう思っているか、言わなければわからないことだってあるのに」

「ちゃんと伝えてますよ、好きだって」

「伝わってないわよ、ばかね」

　マダム・エイブリーは手をのばしてヴァレオの頭を叩いた。

「痛っ」

「ティエラは、あなたの『好き』『愛してる』は、子どもが『お母さん大好き』と言うことの延長だと思っているわ。ティエラによればあなたは彼女を女性として愛しているのではなく、幼い頃の親愛や執着を取り違えているだけなのですって。そうなの？」

　ヴァレオの口がポカンと開いた。

「ばかな……」

「相手が自分の気持ちを分かってくれているはずなんて思ってはだめよ、ヴァレオ」

「……そうですね。先生。肝に銘《めい》じます」

　神妙な顔でヴァレオは頷いた。そこへ、アークライド家の紋章がついている馬車が到着する。馬車に乗り込むヴァレオにマダム・エイブリーが声をかけた。

「あの子をお願いね、ヴァレオ」

「はい。必ず連れて帰ってきます。ミセス・ジョアン、あとを頼む」

「はい。ヴァレオ様。お待ち申し上げております！」

　家人に見送られながら、馬車は出発した。

オルジュ伯爵邸に到着したヴァレオは応接室へ通された。そこへラスティンと彼の妹のレディ・シャローナが現れる。

「やあ、よく来たね、ヴァレオ。ゆっくりしていってくれ」

「ごきげんよう。ヴァレオ様。私たちに会いに来てくださったなんて嬉しいわ！」

けれど、ヴァレオは挨拶もそこそこに詰問した。

「ラスティン、ティエラはどこだ？」

「ミス・ルーシャー？」

怪訝そうに顔をしかめたのはレディ・シャローナだった。一方、ラスティンの方は特に驚いた様子もない。ヴァレオは、ラスティンがティエラの居場所を知っていると確信した。

「ラスティン。ティエラはどこだ？」

もう一度重ねて尋ねると、ラスティンは訳知り顔で言った。

「やっぱり彼女を捜しにきたんだね。でも、ヴァレオ。残念ながら場所は教えられないんだ。ミス・ルーシャーが君には黙っていて欲しいというのでね」

「……ティエラが？」

その声に冷たさが加わる。けれど、ラスティンは気づかなかった。

「ミス・ルーシャーから君への伝言を預かっているよ。『ヴァレオ様。今までありがとうございました。どうかレディ・シャローナとお幸せになってください』とね。ミス・ルーシャーは君の傍から離れて、別の場所で働きたいそうだ。だから僕が仕事を紹介した。今、彼女はそちらに向かっている。ヴァレオ、彼女の意思を尊重してやろうよ」

「……よくも、まぁ、そこまで厚かましいことを言えるものだな」

小さく呟きながらヴァレオは上着の内ポケットに手を差し入れた。

「君は間違っているよ。ティエラがそんなことを言う訳がない。それに、彼女は黙って僕の傍を離れはしない。……ラスティン、ティエラはどこだ？」

「だから彼女は——」

そこでラスティンの言葉は止まった。懐から拳銃を取り出したヴァレオが、至近距離から彼の額にピタッと銃口を向けたからだ。

「なっ……!?」

「きゃあ、ヴァレオ様!?　何を！」

レディ・シャローナの悲鳴が部屋に響く。それを無視して、ヴァレオはラスティンに拳銃をつきつけたまま冷ややかな目で彼を見つめた。

「嘘やごまかしを聞いていられる気分じゃないんだ。君がティエラをどこかに無理やり攫《さら》っていったのは分かっている。君にとってティエラは邪魔者だからね。……もう一度聞く。ティエラはどこ？　答えないと撃つ」

「ヴァレオ！　よせ！　僕たちは友人じゃないか！　それに僕は君のためを思って――」

両手をあげて無抵抗を示しながら、ラスティンは必死に訴えた。その顔には汗が噴き出ている。

「友人？　僕を利用したいだけのくせに何を言う。僕のためを思ってだって？　笑わせてくれる。全部自分のためじゃないか。僕が何も知らないとでも思っているのかい？」

ヴァレオの口元に酷薄な笑みが浮かぶ。

「このオルジュ伯爵家の財政が逼迫《ひっぱく》しているのは分かっているんだ。レディ・シャローナのドレスの支払いすら滞っていることも」

「な、なんですって？」

レディ・シャローナが仰天する。ラスティンの顔から血の気が引いた。

「もはやこの家には優雅に社交三昧な日々を送れる余裕などない。伯爵が投資に失敗し、それを補填《ほてん》しようとさらに投資をして失敗した結果だ。最初のスレッターの投資詐欺だけだったらまだなんとかなっただろうに。今はもう貴族としての面目を保つのに精一杯。それもいつまでもつことやら」

プルプルとラスティンが震え出す。そんな彼にヴァレオはさらにたたみかける。

「だからこそ、レディ・シャローナを僕の妻にしたかったのだろう？　裕福なアークライド伯爵家から援助を引き出そうと思ったわけだ。そのためには、新興の伯爵家に嫁入りさ

せるのもやぶさかではない、そう君は考えた」

ラスティンは激しく首を横に振った。

「違う。僕は、君に過ちを犯して欲しくなくて！　労働階級の娘などと結婚したら、君が社交界の笑いものに……」

「ティエラを愚弄《ぐろう》するな」

冷え冷えとした声が響く。ヴァレオはぐいっとラスティンの額に銃口を押しつけ、引き金にかけていた指を引いた。

応接室にカチリと無情な音が響く。

「！」

「お兄様！」

……ところが弾はいつまで経っても出てこなかった。

「空《から》……」

緊張の糸が切れて、ラスティンはその場にへなへなと座り込む。レディ・シャローナは慌てて兄のもとへ駆け寄った。

弾が出なかった銃口を見つめて、ヴァレオは面白くなさそうに笑う。

「命拾いをしたね、ラスティン。運の良いやつだ」

拳銃を持つ手を下げると、ヴァレオは床に座り込んでいる兄妹を見下ろした。

「いいことを教えてあげようか、ラスティン。君たちが労働階級の娘だと侮っているティエラはここにいる誰よりも高貴な血を引いている」

「まさか！」

「信じられないなら、これを見ればいい」

ヴァレオが自分のカバンの中から書類を取り出し、ラスティンに示す。それはアークライド邸でモーリスに見せた書類だった。ただ、最後の一枚はそこにはない。

座ったままラスティンは書類に目を落とし、目を見開いた。

「ブライルズ男爵令嬢？　それに、死んだ母親は……二か月前に亡くなったウェンズリー侯爵の妹だと!?」

そこでラスティンは社交界で噂されている話を思い出す。行方不明になっているウェンズリー侯爵の妹が見つかったなら、彼女が侯爵の位を継ぐことになるだろうという話だ。

「ということはまさか、あの女執事は……次期ウェンズリー侯爵に……？」

「そういうことだ。ティエラはここにいる誰よりも高貴な身分を持っている。君たちに侮辱されるいわれはない。……さぁ、ティエラはどこにいる？　話せ」

ラスティンは数瞬の後、のろのろと顔をあげ、途切れ途切れに話し始めた。彼はまだ衝撃から立ち直れないでいるのだ。

「うちの別荘、がある森だ。その狩猟小屋にオズワルドを待機、させて、薬で眠らせた彼女を、運んだ……」

それを聞いてレディ・シャローナが呆然となる。

「なんてこと、お兄様！　それは犯罪行為よ？　しかも相手は次期侯爵なのに！」

「オズワルドか」

ヴァレオは舌打ちした。思った以上に状況は悪いかもしれない。

拳銃と書類を素早くしまうと、彼はカバンを手に応接室の出口へ向かう。が、すぐに足を止めて振り返るとラスティンを見下ろした。

「ラスティン。ここを引き払って領地に引っ込み、王都にはしばらく近づかないと誓ってくれないかな？　……そうだね、十年ほど」

ラスティンの顔がサァッと青ざめる。

「そんな。十年もだと？　そんなことになったらオルジュ伯爵家は……」

「でないとこうなるよ」

言い放つなり、ヴァレオは再び懐の拳銃を取り出して引き金を引いた。けれど、今度の標的はラスティンではなく、テーブルの上の花瓶だった。

パーン、と乾いた音がして、すぐに花瓶は砕け散った。それをラスティンとレディ・シャローナは唖然と見つめる。

「弾が入っていなかったのはさっきのだけ。あとは弾が入っていた。運がよかったね、ラスティン」

にっこりとヴァレオは笑う。ついさっき、彼がラスティンの頭に向けて躊躇なく引き金を引いた事実に思い至り、ラスティンもレディ・シャローナも震え上がった。

「ち、誓う！　誓うから！」

「そう。では頼むよ」

言い置いて、今度こそヴァレオは部屋を出て行った。

＊＊＊

ティエラは見知らぬ小屋で目を覚ました。

「ここは一体……」

ベッドから身を起こし、周囲を見回す。見たところ、どこかの農家の倉庫か狩猟小屋のようだ。

——私、なぜこんなところにいるの？　オルジュ伯爵家にいたはずなのに。

小屋に一つだけあったガラス窓の外に視線を向けたティエラは唖然となった。

「……森？」

窓の外には見渡す限り、緑の木々が広がっていた。

「ここは、どこなの？」

気を失う前の記憶から察するに、ティエラが飲んだあのお茶には何か薬が入っていたのだろう。そして意識のない間にここに連れて来られたに違いない。

――このような強行策に出るほど、ラスティン様は私の存在が邪魔だったのか……。

胸の痛みを覚えたその時、唯一ある扉の外からガタンと音が聞こえ、人が動いている気配がした。

思わず身構えると、同時に扉が外から開かれ、誰かが小屋に入ってくる。

「――え？」

扉から現れた人物の姿を見たティエラは息を呑んだ。彼女はてっきりラスティンか、オルジュ家の使用人が来たのではないかと思っていた。けれど、そこにいたのはまったく思いも寄らない人物だったのだ。

「オズワルド……？」

ついこの間までアークライド家で従僕をしていたあのオズワルドだった。

「ティエラ。目が覚めたんですね」

オズワルドはティエラの姿に目を留めて嬉しそうに笑った。

「ずっと目を覚まさないので心配していたんですよ」

「オズワルド……なぜ、ここに……」

アークライド家を辞めたオズワルドは屋敷を出て行ったとモーリスは言っていた。その後の話は聞いていないから分からない。てっきりどこかに転職したのだろうと思っていたのだが。

「ここはどこなの？　一体どうなっているの？」

聞きながら、ふとラスティンが「彼」と言っていたのを思い出す。もしかしてラスティンの言っていた「彼」とはオズワルドのことだろうか？　二人はいつの間にか結託していたということだろうか？

「ティエラ、もう大丈夫です。ここは安全だから」

にこにこ笑いながらオズワルドは手に持っていた桶《おけ》を傾け、部屋の隅にある水瓶に水を注いでいく。

「安全？　どういうこと？」

言っている意味がよく分からなくて首を横に振る。

「ここはヴァレオ様——いや、ヴァレオには見つからない場所なんです」

「……え？　待って。私はオルジュ伯爵家にいて、薬を飲まされて気づいたらここにいたのよ。犯罪行為をしたのはラスティン様なのよ？」

何かがおかしい、かみ合っていないと感じながらティエラは言った。

「とにかくこれは犯罪よ。王都のアークライド邸に戻りましょう」

「もう奴から辱めを受けずに済むんだ、ティエラ」

「オズワルド……？　あなた何を言っているの、誰のことを言っているの？」

激しい違和感を覚えながら、ティエラは一歩後ろに下がった。

「誰って、ヴァレオ・アークライドのことだ。可哀想に、ティエラ。奴に関係を強要されていたんだろう？　ラスティン様から聞いたよ」

「それは……」

それは間違いではないが、正しくもない。ティエラは心のどこかでヴァレオに抱かれることを嬉しく思っていたのだ。だから彼の求めを拒めなかったし、流されもした。もし心底嫌だと思っていたなら、きっとティエラは主とはいえ、抵抗していただろう。

「ここなら、君を手篭めにして辱めるヴァレオはいないから安心して。俺が守ってあげます、今度こそ」

「オズワルド……」

その優しい言葉にかえって辛くなった。おそらくオズワルドはラスティンに騙されて利用されているのだろう。……いや、彼の気持ちを利用しようとしたのはティエラも同じだ。

ティエラはオズワルドに近づいて優しい口調で言った。

「よく聞いて。私はヴァレオ様に関係を強要されていたのではないの。ごめんなさい、オズワルド。ヴァレオ様のお傍にいたくて私はあなたを利用しようとしたわ」

けれどオズワルドはティエラの言葉を信じず、彼女の手を取って首を横に振った。

「違う。雇い主であることをいいことに、君に身体の関係を強要したのはヴァレオだ。でももう大丈夫。ラスティン様が用意してくださったここなら、ヴァレオに見つかることはない。ほとぼりがさめたら、この国を離れて新しい土地で二人でやりなおそう。その資金もラスティン様からいただいている」

「……いいえ、一緒には行かないわ、オズワルド」

罪悪感と胸の痛みとを覚えながら、ティエラはオズワルドを見上げてはっきりとした口調で言った。

「ちゃんと聞いてオズワルド。私はヴァレオ様に無理やり関係を強要されていたのではないの。自ら応じていたの――ヴァレオ様を主人としてではなく、一人の男性として愛していたから」

嘘偽りなく、それがティエラの本音だった。

すると突然、オズワルドが叫び出す。

「嘘だ！　君は騙されているだけだ！　あんな場所であんなことをされて……！」

その時のこと――書斎でティエラがヴァレオの上に座り貫かれて嬌声をあげている時のことを思い出したのだろう。オズワルドの顔が上気し、ティエラを見る目に欲望が宿った。

「オズワルド？」

「あんな卑怯な小僧より、俺の方があなたを満足させられる！」

取られた手に力が入って、ティエラの身体はオズワルドに引き寄せられた。

ぞわりと全身の肌が粟立つ。昔モーリスの目の届かないところで不埒な客に触られた時と同じだ。不快感と嫌悪感が湧き上がる。

「やめてオズワルド！」

ティエラは反射的にオズワルドの胸を押しのけた。けれどそれがかえって彼の欲望を煽ってしまう。

「あの小僧には脚を開いておいて、どうして俺にはだめなんだ！」

逃げるティエラを無理やり抱き込んだオズワルドは、ベッドに彼女を引きずっていこうとする。オズワルドは細身だが背は高く、本気で力を出したら女性には逃げようがない。けれど、ティエラは護身術を学んだ身だ。エイブリー卿には拘束された場合の身を守る術も伝授されていた。

考えるより先に身体が動く。ティエラは腰をまげ、身を沈ませると同時にオズワルドの足の甲を思いっきり踏みつけた。オズワルドが「うっ」と息をつめ、腕の拘束を緩ませる。そこを見逃さず腕を振り上げて手を外させると、一瞬だけ無防備になったオズワルドの腹に拳をめり込ませた。

「ぐっ……！」

オズワルドは呻《うめ》き声をあげ、数歩後ろに下がると身体を二つ折りにして悶絶し始める。

ティエラはその横を通り過ぎて足早に戸口に向かった。

戸を開け放つと、目の前には深い森が広がっていた。どこを見ても木々が生い茂り、どっちの方角が出口に通じているのかさっぱり見当がつかない。でも……。

ティエラはきゅっと唇を引き結んだ。ぐずぐずしていれば復活したオズワルドに追いつかれてしまうだろう。

覚悟を決めると、ティエラは足を踏み出し、深い木々の中に入っていった。

＊＊＊

日が沈みかけたころ、ヴァレオはオルジュ伯爵家の所有する森の一角にある狩猟小屋に到着した。小屋から少し離れた場所に馬車を待機させると、三人の従僕とともにそっと小屋に近づき、合図とともに突入した。

「っ！　お前は……！」

中にいたのは所在なく歩き回るオズワルドただ一人。ティエラの姿はない。

「おい、ティエラはどこだ」

「なっ、なぜ、ここに……!?」

オズワルドはヴァレオの姿を見て仰天する。見つかるとは思っていなかったのだろう。

「ラスティンに吐かせたに決まっている。生憎《あいにく》だったな。お前など単なる都合のいい駒《こま》にすぎないから、あっさり吐いたよ。……さぁ、ティエラはどこだ」

ヴァレオはオズワルドの襟をつかんで締め上げた。

「手加減できないかもしれないから、さっさと吐いた方が身のためだよ」

「誰が、お前などに……」

さらにぐっと腕に力をこめると、オズワルドは苦しそうに呻く。それでもしばらく耐えていたが本格的に苦しくなったのだろう。途切れ途切れに答えた。

「そ、外……だ。飛び出して行ったきり、ずっと帰ってこない……」

「ちっ！」

舌打ちして手を離すと、オズワルドは床に崩れるように座り込んだ。ヴァレオは戸口の方に心配そうな視線を向けた。もうすぐ日が暮れる。一刻も早く見つけ出さなければならない。

その時、怨嗟《えんさ》の声がすぐ近くで聞こえた。

「お前のせいだ、お前の……！」

オズワルドが立ち上がり、ヴァレオの方に向かってくる。

「ヴァレオ様！」

従僕が慌てたような声を上げ、こちらに来るそぶりを見せたが、ヴァレオはそれを制した。さすがに無抵抗の人間を殴るわけにはいかなかったが、向こうが攻撃してくるなら話は別だ。叩き潰す口実ができる。

ヴァレオはとても腹を立てていた。モーリスといい、オズワルドといい、ラスティンといい、自分の邪魔ばかりする。長い間我慢して、努力して、ようやくティエラを手に入れられる環境が整いつつある矢先に。モーリスの懸念は理解できるのでいいが、後の二人のしたことは我慢ならなかった。

血走った眼でオズワルドが向かってくる。ヴァレオはそれをすっと横に躱《かわ》すと、その顔に拳を叩きこんだ。オズワルドは吹っ飛ばされて、そのまま床に倒れこんで動かなくなった。

「一発で終わりか」

すでにティエラに一発くらってダメージを受けていたことを知らないヴァレオは物足りなさを感じた。だが、今は何よりティエラを捜し出すことが先決だ。ヴァレオは従僕の一人にオズワルドの拘束を命じると、他の二人を連れてティエラを捜しに森へ向かった。

「ティエラ！」

「ミス・ティエラ、どこにいますか？」

「ミス・ティエラ！　聞こえたら返事をしてください！」

けれど、どの方角に行ったのか分からず、捜索は難航《なんこう》した。見つけられないまま日が落ちてしまい、外は真っ暗な闇に閉ざされる。自分たちはランプを手にしているからいいものの、何も持たずに森へ逃げたティエラはどんなに心細いことだろう。

みんなは、ティエラは強いと思っている。護身術の腕は確かだし、賢いし、しっかりしているように見えるだろう。けれど、本当はとても寂しがり屋の女性なのだ。

――ティエラ。どこだ。どこにいる？

けれど、無情にも時間だけが過ぎていく。

「ヴァレオ様。このままでは我々も迷子になりそうです。ここはいったん小屋に戻って明るくなってから捜す方がいいのかもしれません」

従僕の一人がそう提案したときだった。もう一人が木に彫られた何かの模様に気づいた。

「ヴァレオ様、これは何でしょう？」

従僕の示した方に視線を向けたヴァレオは、目を見張った。

「これは……」

木の幹には彫られたばかりの真新しい傷のようなものがあった。三角と棒を組み合わせて木に見立てたものが三つ並んでいる。彼にはそれに見覚えがあった。

小さい頃、アークライド領の屋敷の後ろに広がる森で探検ごっこをしたときに、ヴァレオとティエラが使っていた秘密の合図に酷似していた。少し違うのは、その記号に矢印が付け加えられている点だ。

「……ティエラだ」

ヴァレオは即座に分かった。ティエラはヴァレオだけに分かる記号を使って、自分が進んだ方向をしるしながら歩いているのだ。

ヴァレオは部下たちに印を探すように命じて、矢印が指し示す方向に進んだ。どんどんティエラのいる場所に近づいている確信があった。

ところが、ある一角でヴァレオたちは印を見失ってしまう。いや、印が途絶えていたのだ。彫るのをやめてしまったのか、それとも何かあったのか。

彼が焦燥感に駆られたその時、すぐ近くで水の音と絹を裂くような悲鳴が聞こえた。

＊＊＊

もう何時間森の中を彷徨《さまよ》っているのだろう。ティエラは真っ暗闇の中で柔らかな土の上に座り込んだまま考える。日が沈んで、何も見えなくなると、危険だと判断して進むのをあきらめた。ここでこうして夜が明けるのを待つしかない。

遠くで狼の遠吠えらしきものが聞こえて、ティエラはびくっと身体を震わせる。獰猛な獣が近くにいないことを祈るしかない。

ぎゅっと縮こまって自分を抱きしめる。心細くて仕方なかった。

——ヴァレオ様。

今頃彼はどうしているだろうか。屋敷に帰ってきてティエラの不在を聞いただろうか。自分を探してくれているだろうか。それとも自分から逃げたのだと思った？　また約束を破ったと思われて、見捨てられてしまっただろうか？

どんどん自分の考えが悪い方へ悪い方へと向かっているのが分かったが、止められなかった。

——ああ、どうして私はヴァレオ様のお傍を離れてしまったのだろう？

どうして離れることを考えてしまったのか。ヴァレオはティエラをずっと前から選んでくれていたのに。

……いや、本当は分かっている。ティエラはただ怖かっただけなのだ。

ティエラも執事として貴族社会を知る立場にあるから分かっている。貴族社会はとても冷たくて残酷だ。そこに飛び込んでいく勇気がなかったから「ヴァレオのため」と言い訳して逃げた。

オズワルドのことは言えない。ティエラも、ヴァレオを得るために何一つ努力をしてこなかった。ただ、逃げただけだ。

——ヴァレオ様。

まだ間に合うだろうか？　もし、彼のもとへ無事に帰ることができたら、その時は――。

ぎゅっと目をつぶって両足を抱えていると、いつの間にかうとうとしていたようだ。ふと目をあげたティエラは遠くの方にいくつもの明かりが揺れているのに気づいた。

助け、だろうか？　それともラスティンがティエラの逃亡を知って放った追手《おって》だろうか？

逃げるべきか留まるべきか躊躇《ためら》っている間にも明かりはどんどん近づいてくる。

この明かりがもしもし追手のものだったら……。

考えて怖くなったティエラは、ひとまず姿を隠して様子を見ようと立ち上がる。そして明かりとは反対の方に歩き出したとたん、ぬかるんだ土に足を取られてずるっと滑り落ちていった。

しまったと思ったのは、水の匂いがしたからだ。真っ暗で気づかなかったが、ティエラはいつの間にか沼のすぐ近くにいたのだ。

「きゃああ！」

なすすべもなく、ティエラの身体は大きな水音を立てて真っ暗な沼の中に落ちていった。

冷たい冬の水がすぐにティエラの全身を包む。手でかき分けようとしたがすぐに手足がしびれて動かなくなった。

……息が苦しい。

ティエラは、自分は誰も知らない場所で溺れて死ぬのだと思った。

「ヴァレオ様……」

呟いたとたん、ティエラの最後の息が口から抜けていく。代わりに入ってきたのは泥臭く冷たい水だ。

苦しい中、ティエラの意識が遠のいていく。


――ティエラ！

最後に、ヴァレオの声が聞こえたような気がした。

＊＊＊

うっすらと目を開けたティエラの目に飛び込んできたのは心配そうなヴァレオの顔だった。

「ヴァレオ……様？」

「ティエラ、よかった！」

ホッと安堵の息を吐き、ヴァレオはぎゅっとティエラを抱きしめる。

ティエラは反射的に彼の背中に腕を回し、ヴァレオが裸であることに気づいた。すぐに自分も何も身に纏っていないことに気づいてうろたえる。

これがいつものヴァレオの寝室であれば驚きはしないが、目に入る質素な寝室はどう見ても違う部屋だ。

「あ、あの、ヴァレオ様、ここは？　私……森にいたはずでは？」

ラスティンに薬を飲まされ、どこかの小屋にオズワルドと一緒にされ、森の中に逃げ込み、さまよい歩いたのは覚えている。

途中から、目印になるように、ポケットに入れておいたナイフを使って木に印をつけながら歩いていたが、日が落ちて真っ暗闇になってしまったのでその場に留まった。そうしていたら、ランプの光が近づいてくるのに気づいたのだ。

それで立ち上がったところで足を取られて――。

「私、確か沼の中に……」

「すぐに気づいてよかったよ。ティエラの悲鳴が聞こえた時は肝をつぶした」

更にティエラを抱く腕に力がこもった。

「じゃあ、やっぱりあの時近づいてきたランプの光は……」

「僕らだ」

顔をあげたヴァレオはティエラの頬にチュッとキスをする。

「森を捜索していて、木に刻まれたあの印に気づいた。昔探検ごっこをしていた時に使っていたものだったからすぐにティエラだって分かったよ」

「分かってくださったのですね……」

幼い頃、よく近くの森に行っては探検ごっこをして遊んだ。その時に使っていた秘密の合図がアークライド家の紋章を参考にしたあの記号だ。「自分はこの近くにいる」という意味のもので、オズワルドやラスティンたちに知られないようにヴァレオにだけ自分の居場所を知らせるのにちょうどいいと思ったのだ。

森をさまよっている間も、ティエラはヴァレオがそのうち必ず捜しに来てくれることを信じて疑わなかった。

「もちろんだよ。ティエラはよく迷子になるからって考えたものだったね」

ムッとして思わずティエラは反論した。

「迷子になっていたのはヴァレオ様の方です」

ヴァレオはすぐにティエラから離れてあちこち勝手に歩き回ってしまうため、よく迷子になっていた。ティエラは何度あの森でヴァレオの姿を探し回ったことか。それで居場所が分かるようにあの印を必ず行く先々で刻むことにしたのだ。

「それはともかく、印のおかげでティエラの進んだ方角が分かって、あの時すぐ近くまで来ていたんだ」

ヴァレオたちはすぐに、ティエラが沼に落ちたことに気づいた。すぐさま沼に入ってティエラを引き上げて、水を吐き出させたのはいいが、冬の冷たい水に浸かって身体が冷え切っていたらしい。一刻も早く温める必要があると、すぐ近くの村の宿屋にティエラを運んで手当てをした後は、ずっとヴァレオがティエラの身体を温め続けていたのだという。

「ヴァレオ様が？　……もしかして一晩中ずっと、ですか？」

寝室の小さな窓から見える外はずいぶん明るい。おそらく昼近くになっているはずだ。

「ティエラの裸を誰にも見せるつもりはないからね」

さらっと言い、ヴァレオはティエラの身体を巻き込んだまま寝返りをうち仰向けになると、自分の身体の上にティエラを乗せた。そして背中を撫でながらティエラが拉致《らち》されたことを知った経緯をゆっくり説明してくれた。

「ラスティンを締め上げた後、オルジュ家の執事を捕まえて狩猟小屋の詳しい場所を聞き出した。ラスティンが詳しい位置を知っているわけないからね。オルジュ家の執事はとても協力的で、地図まで用意して説明してくれたよ」

「執事が？」

ティエラは目を丸くする。オルジュ家を訪れた時に出会った執事はとても忠義心が強そうに見えたのだが。

「彼は元々このことに反対していたそうだ。それに、僕がオルジュ家のためになることをしてくれたからって……」

そこまで言うとヴァレオはクスッと笑った。

「ラスティンに、王都の屋敷を売って領地へ引っこみ、この先十年は王都に足を踏み入れるなと脅しをかけたんだけど、それが良かったらしい。彼は以前からオルジュ家の財政問題を解決するために王都の屋敷や土地、それに別荘などを売って領地の運営に専念するように進言していたらしい。でも、オルジュ伯爵もラスティンも王都での社交にこだわって聞く耳く持たなかったそうなんだ」

「オルジュ家の財政問題……？」

「ああ、これは君に言ってなかったっけ？　あそこの家の財政はかなり逼迫しているんだよ。だからアークライド家の財産を目当てにレディ・シャローナを僕と結婚させたかったようだ」

「お金を、目当てに……？」

思ってもみなかった事実にティエラは目を見開いた。

「資金援助を期待したんだろう。財産があって同じ階級に属していて見栄えもいい。面目を保ったままお金を得るのにちょうど良かったんだろうな」

それにレディ・シャローナ自身もヴァレオに好意を持っていた。オルジュ家にとってヴァレオはレディ・シャローナの相手としてうってつけだったのだ。

「でも……そもそも、なぜあれほどの大貴族が財政危機に陥ったのです？　羽振りもよさそうだったのに……」

「スレッターの投資詐欺に遭って、その損失を埋めようと他の投資に手を出して失敗したようだ。それでいくつかの土地を売らざるを得なくなったんだが、貴族の収入源は領地にしかないから、土地が狭くなればそれだけ収入も減る。金が足りなくなって、また土地を売る。その悪循環に陥っていた。それで生活を改めればよかったものを、あの通り見栄っ張りだから、支出はまったく減らなくてね。まぁ、王都での社交生活を諦めれば破綻はなんとか免れるだろう」

「ではヴァレオ様はオルジュ伯爵家にとって良いことをしたのですね」

ティエラが微笑むと、ヴァレオは思いっきり顔をしかめた。

「よしてくれ。君をオズワルドの所に送り込むなんて、本当は殺してやりたかったくらいなんだから。でもそれが公になるとアークライド家も君の名前にも傷がついてしまう。できるだけ穏便に済むように、けれどラスティンたちにとってダメージの高い罰をくれてやったんだ。それがたまたまあちらにとっても望ましいものだっただけだ」

ティエラはヴァレオの口から出てきた名前にハッとなった。慌てて上半身を起こしながら尋ねる。

「オズワルド！　そうだわ、オズワルドはどうなったのです？」

「ラスティンたちとはずいぶん反応が違うじゃないか」

ヴァレオはムッとし、ティエラの手を引っぱって倒れてきた身体を腕の中にしっかり抱き込んだ。

「あいつならぶん殴って気絶したところを拘束したよ。警察に引き渡すことになっている」

「……警察」

「ラスティンにそそのかされたとはいえ、あいつは自分のやっていることが犯罪だと分かっていたはずだ。薬で意識を失っている女性が運ばれてきたんだぞ？　それが同意の上じゃないことは子どもだって分かるだろう。同情の余地は無いね」

ティエラは狩猟小屋でのオズワルドの様子を思い出していた。無理やり運ばれた、これが犯罪だといくら訴えても彼はそれを認めず、ティエラをヴァレオの手から救い出したのだと信じていた。……いや、信じていたのではなくて、信じたかったのかもしれない。

オズワルドはとても真面目な青年だ。自分が犯罪に加担してしまったことも、ティエラがヴァレオに関係を強要されていたのではないことも受け入れられずに、彼女を救うためだと自分に無理やり思い込ませたのだろう。

「ヴァレオ様……」

思いをこめてじっと見下ろすと、ヴァレオは「はぁ」と深くため息をついた。

「言うと思った。……分かったよ。犯罪は犯罪だから減刑はしないが、いつか釈放されることがあったら、投資先の会社に頼んで奴を雇ってもらうように話をつけよう。それで外国ででも働いてもらえば、一生会わずに済むだろうさ」

「ヴァレオ様、ありがとうございます」

ティエラの表情が明るくなる。罪に問われるのは仕方ないとはいえ、オズワルドがあんなことをしたのはティエラのせいだ。そのことで彼の一生が台無しになってしまうのだけは避けたかった。

それに……そう、少しだけ理不尽だと感じてもいた。実際にティエラに薬を盛って狩猟小屋に運ばせたラスティンは十年間王都から離れるだけで許されるのに、騙されて手を貸しただけのオズワルドの方が罪に問われるなんて。それが貴族と庶民の違いだと、理解はしていても納得できるものではない。

だからほんの少しだけでもいいから、オズワルドにも救いがあって欲しかったのだ。

「よかった……本当に」

安堵の息を吐くと、ヴァレオは手を伸ばし、両手でそっとティエラの頬を挟んだ。

「我ながら甘いと思うけど、仕方ない。このままだったらティエラは罪悪感からずっとあいつのことを忘れずに心配し続けるだろうから。そっちの方がいやだ。……君には、僕のことだけ考えてもらいたいんだよ」

ヴァレオの手に自分の手を重ねながら、ティエラは言った。

「私は……いつだってヴァレオ様のことだけを考えています」

そう、いつだってティエラはヴァレオのことを思って生きている。ティエラの世界の中心はヴァレオだ。父やアークライド家、それに使用人仲間ですら、ヴァレオとは比べ物にならない。失ったら生きていけないだろう。

約束を交わしたあの時から、ずっとずっとティエラはヴァレオだけのことを——。

「……でも、君は僕から離れようとした」

すっと目を細めてヴァレオはティエラを射るように見つめた。

「それは……」

「あいつと結婚しようとしたし、身体を繋げて無理に阻止したあとも、君はいつだって僕から離れようとしていた……」

強い視線とは裏腹に、ヴァレオの言葉には悲しそうな響きがあった。

「身体は従順で僕に応えてくれる。でも心では僕を拒絶していた。あいつからの求婚も断らなかった。僕から離れたいと思ったからだろう？」

「……それがヴァレオ様のためだと思ったのです」

胸の痛みを覚えながらティエラは目を潤ませてヴァレオの青い目をじっと見つめた。

「ヴァレオ様……」

「私は使用人にすぎず、ヴァレオ様のお役に立てる身分ではありません。だからヴァレオ様が私を妻に迎えるつもりだと知り、ヴァレオ様の将来の足枷になるくらいなら離れるべきだと思ったのです。辛くても、それがヴァレオ様のためだと信じていました。でも本当は——」

ティエラは、あの真っ暗闇の森でさまよった時に感じたことを思い出していた。怖がって、真正面から向き合わず、ただ逃げていただけの自分を。

「——ヴァレオ様のために妻になるわけにはいかないと言いながら、私は自分が貴族の世界に飛び込んでいくのが怖かったんです」

ティエラと一緒になったことで、ヴァレオまで社交界からつまはじきにされてしまったら。ティエラにはヴァレオが失うものに匹敵するだけのものを差し出すことができない。差し出せるのはこのちっぽけな身体と心だけだ。

もし自分への愛情がただの親愛でしかないとヴァレオが気づいてしまったら？　もしヴァレオに飽きられて見捨てられてしまったら？

そうしたらティエラはもう生きていけない。

依存しているのは、ヴァレオの方ではなく本当はティエラの方なのだ。

『ティエラ。ずっとずっと傍にいて。決して僕から離れていかないで』

『もちろんです。ティエラはずっとヴァレオ様のお傍におります』

……あの約束に縋っていたのはティエラの方。約束がある間は、ヴァレオは自分の傍にいるし離れていかないと、安堵していられた。

ヴァレオはティエラがいなくても生きていける。優秀な執事はいくらでもいるし、妻ができればティエラを抱く必要もない。ヴァレオはその妻の方を頼りにするだろう。

でもティエラは違う。ヴァレオはティエラの全てだ。世界の中心だ。

だから失うことを恐れ、今のままを望んだ。ヴァレオに見限られるくらいなら、自分から離れようと思ったのだ。ヴァレオに愛された思い出を胸に。

「ヴァレオ様の気持ちがただの幼い日の親愛でも、私には愛されたという記憶が残る。その思い出に縋ればきっと私はこの先、生きていける……そう思ったのです」

ティエラの目からポロポロと涙が零れ、ヴァレオに降り注ぐ。ヴァレオはそんなティエラをぎゅっと抱きしめた。

「ティエラ。ティエラ。君は、僕がどんなに君を愛しているか、どんなに欲しがっているのか分からないの？　これほど激しくて狂おしい想いが、ただの親愛の情であるはずないのに」

「ヴァレオ、様」

「でもティエラがそんなに不安に思ったのは、その気持ちをちゃんと伝えてこなかった僕の落ち度だ……。マダム・エイブリーの言うとおりだ。ティエラなら僕の気持ちは言わなくても分かってると思っていたんだ。ごめん」

　本当に申し訳ないような声に、ティエラはヴァレオにぎゅっとしがみついた。

「ヴァレオ様、それは私もです。ヴァレオ様のお気持ちなら全部分かっていると思っていました。でも抱かれるようになって何も分かっていなかったのだと思い知らされて……」

「ティエラ、愛している」

　ヴァレオははっきりとした口調で告げた。その言葉はティエラの中に浸透し、じわっと全身に広がっていく。

「ずっとずっと子どもの頃からだ。君と人生を共に歩きたい、ずっと傍にいてもらいたいと思っていた」

「ヴァレオ様……。私も、私も愛しています」

　新たな涙を滲ませながらティエラもきっぱり言った。

「ずっとずっとお傍に置いてください。ヴァレオ様が傍にいてくださるのなら、私は社交界で誰よりもヴァレオ様の役に立つ妻になってみせます」

　そのために、ティエラは今まで培《つちか》ってきた知識や人脈、全ての力を総動員する覚悟だった。

「ありがとう。ティエラ。心強いよ。でもね、たぶん君が恐れているほど酷いことにはならないと思う」

ティエラの髪の毛を撫でながらヴァレオが優しく笑う。

「訳あって君には今まで伝えていなかったけれど……君やモーリスは労働階級じゃない。働いてはもらっているが、本当はアークライド家で雇っているのではなく、公的には後見人として預かっているという形になっているんだ」

ハッとティエラは顔をあげた。

「マダム・エイブリーから聞きました。私は本当に貴族なんですか？　父も？」

未だにティエラには信じられない。家令の鑑と思っているモーリスが男爵だなんて。自分が男爵令嬢だなんて。けれどヴァレオははっきり肯定した。

「ああ、間違いない。モーリスはブライルズ男爵だ。今はルーシャーという偽名を名乗っているが、ヴァイオレットとの結婚証明書にも、君の出生届にも本来のブライルズ姓が記されている。君は間違いなく男爵令嬢だ。これは貴族名簿にも載っている」

そこでいきなりヴァレオはクスッと笑った。

「投資詐欺をしていたスレッターだけど、僕がなぜすぐに奴を怪しいと思ったか分かるかい？　偶然だろうが、奴がブライルズ男爵を名乗っていたからだよ」

あ、とティエラは思い出した。確かにそうだ。スレッターは貴族を騙り、投資する者を集めようとしていた。その彼が名乗っていた名前がブライルズだった。

「名簿から選んで、偶然その名前を使ったんだろうけど、僕のところに投資の話を持ってきたのが運の尽きだったね。だって僕は本物のブライルズ男爵をよく知っているのだから」

楽しそうに笑うと、ヴァレオはティエラの頭に何度もキスを落とした。

「それに、マダム・エイブリーから話を聞いていると思うけれど、ティエラのお母さん――ヴァイオレットも貴族だ。本当の名前はヴァイオレット・ウェンズリー。そうあのウェンズリー侯爵家の令嬢で、数か月前に亡くなった故ウェンズリー侯爵の妹だ」

「あのウェンズリー侯爵の!?」

ティエラはあんぐりと口を開けた。

母が、あの悪行で有名なウェンズリー侯爵の妹だった？

「そう、あの悪名高い、ね」

「ま、待ってください、ウェンズリー侯爵は確か爵位の後継者が……」

ウェンズリー侯爵に関することをヴァレオやマダム・エイブリーと話していた時のことを思い出し、ティエラの顔からサァッと血の気が引いた。

「爵位を継ぐ者がいないから、行方不明の妹を捜しているって……」

にっこりとヴァレオは笑った。

「妹のヴァイオレットは亡くなっているから、娘の君に継承権は移るね。他に男児はいないことだし。もうすでに王室から問い合わせが入っているよ。当家の女執事ミス・ルーシャーに関する問い合わせが」

「何ですって？」

「モーリスとヴァイオレットの結婚証明書と君の出生証明書も渡してある。まぁ、時間の問題かな」

「私が……ウェンズリー侯爵に……？」

男爵令嬢だったことにも驚いているのに、それを飛び越えて侯爵になる？

途方もなさすぎて気持ちが追いつけなかった。

「今は地に落ちているが、ウェンズリー侯爵家は伝統のある名門だから王家としても絶やしたくはないのだろう。きっと君に継承するように言ってくるはずだ」

「そんな……」

青ざめてぶるぶる震えるティエラの頬をヴァレオは慰めるように優しく撫でた。

「侯爵位を受ける受けないはティエラが決めればいい。どちらになっても、僕が傍にいて助けてあげる」

「ヴァレオ様……」

混乱するティエラの頭の片隅で、ふとこんな考えが湧きあがる。

――侯爵であれば、ヴァレオ様の隣に立つのに相応しくなれるのでは？

領地も財産もない男爵令嬢と伯爵とであれば身分違いで色々言われるだろうが、領地も財産もない女侯爵と伯爵であれば、そうおかしくないのでは？

侯爵になればヴァレオ様の隣に堂々と立つことができる――。

その考えはじわじわとティエラの頭の中に深く浸透していった。

「このことはゆっくり時間をかけて考えればいい。昨日今日と君は色々あったからね」

「はい。ヴァレオ様」

ティエラは従順に頷いた。このことはあとでマダム・エイブリーに相談しようと思いながら。

「話は戻るけれど、そのウェンズリー侯爵こそが、君が貴族ではなく労働階級として育った最大の原因だ。君も聞き及んでいるように、ヴァイオレットの兄の故ウェンズリー侯爵は最悪の男でね。どうしてヴァイオレットがモーリスと駆け落ちしたか分かるというものだ。ヴァイオレットはさぞ大変な思いをしていたに違いない。逃げ出した二人が偽名を使い、庶民として働いていたのも、すべてウェンズリー侯爵の追手から身を隠すためだったんだ」

当時貴族であることを隠して従僕としてウェンズリー侯爵家に勤めていたモーリスは、横暴な兄のもとで辛い思いをしていたヴァイオレットと恋に落ちた。そこでヴァイオレットを連れて逃げたが、追手はいるし、財産のない貧乏貴族に身を隠すツテはなかった。

相手は腐っても侯爵家だ。下手に助けを求めたら、たちまち捕まってしまう恐れがあった。そこで二人はひとまずウェンズリー侯爵の権力の及ばない、他国にいる知人を頼るつもりで国境に向かっていたところ、途中雪で足止めを食らってしまった。駆け込んだ宿屋で、偶然にも同じ雪で足止めを食らっていたディエゴ・アークライド伯爵と出会ったことが二人の運命を変えたのだ。

「父上はすぐに、二人が訳ありだと見破って、話を聞きだした。そして二人を匿《かくま》い援助することにしたんだ。ウェンズリー侯爵が大嫌いだったからね。そして追手をかわすために偽名を使ってうちの使用人として働いてもらうことにしたんだ。上級使用人——執事としてね。そしてティエラが生まれ、二年後に僕が生まれると、ヴァイオレットも乳母として働くことになった」

そこで言葉をとめてヴァレオはふっと笑う。

「父上はよく、これは運命だと言っていたよ。雪で足止めを食らって宿屋でモーリスたちと出会ったのも、アークライド伯爵家に匿うことになったのも。知ってる？　あやうく流産しかけた母上はヴァイオレットに助けてもらって無事に僕を生んだ。父上はモーリスの機転に何度も助けられた。そして僕は——君に恋に落ちた」

頬を両手で挟んだまま、ヴァレオはティエラを引き寄せる。ティエラは目を閉じ、唇を薄く開いてヴァレオの唇を受け止めた。

「ふ、ぁ……ん、んんっ……」

熱い舌を受け止め、激しく絡ませ合う。ティエラは数日ぶりのヴァレオとのキスに酔いしれた。

やがてヴァレオが唇を離すと、そこには頬を上気させ目を潤ませとろんと蕩けきった表情のティエラがいた。

ヴァレオはくすりと笑みを漏らすと、濡れた唇に触れるだけのキスをして話を続けた。背中を官能的に撫で下ろし、丸い双丘に手を滑らせながら。

ビクンとティエラの身体がヴァレオの上で揺れる。

「僕が父上にティエラと結婚したいとお願いしたのは十二歳の時だ。当時ティエラは少女から大人の女性らしくなっていく時期で、色々な男が君を狙っていたから気が気じゃなくてね。そうしたら父上がティエラの本当の身分と事情を教えてくれて、いくつか越えなければならないことがあると条件を付けたんだ。もしその条件をクリアできたら、君と結婚していいってね」

「ん……ふ、ぁ」

「二十歳までにアークライド伯爵家の後継者として実績をあげること。ティエラを貴族の身分とは関係無しに周囲に認めさせること。……まぁ、こっちは父上が結局お膳立てしてくれたわけだけど。ウェンズリー侯爵の脅威からティエラたちを守ることも条件に入っていた。結局ほとんど自滅してくれたけどね。そうやってティエラを娶るために努力していた矢先に、父が亡くなった」

双丘の間を指が通りすぎていく。ティエラは思わず身体を捩った。けれど、結果的に自分の身体をヴァレオにこすり付けてしまうことになり、その感触に肌が粟立つ。

ぬぷっとぬかるんだ蜜口に指が差しこまれる。濃厚なキスですっかり潤っていたそこは、容易にヴァレオの長い指を呑み込んでいく。

「あっ……く、ぅ……」

ティエラの背筋にゾクゾクと快感が駆け上がっていく。

「でもその時点ではまだウェンズリー侯爵は没落しつつも生きていて、まだティエラを娶れる状況じゃなかった。僕自身も父上の跡を継ぐので精一杯だったし。だから父上と約束した二十歳まで待つことにしたんだ。ティエラに来る縁談はすべて握りつぶしつつね」

この年になるまで縁談が来ないのは、男装などをして執事をやっているせいだとティエラは思っていたが、本当はそうではなかったらしい。生前は息子のためにディエゴが、そして二年前からはヴァレオ本人がティエラをがっちり囲って他の男を一切近づけなかったのだ。

……もっとも、今のティエラはもうヴァレオの話をきちんと聞いていられる状況ではなかった。蜜壷を、ティエラを知り尽くした指でかきまわされ、敏感な場所を弄られ、喘ぎ声を漏らしながらヴァレオの身体の上でビクンビクンと震えている。

押しつけた胸の先端がヴァレオの肌に擦られ、触れられてもいないのに尖ってジンジンと熱を発していた。

「んん、あ……ぁあ、は、あン」

ヴァレオは何食わぬ顔をして話を続ける。

「数か月前にウェンズリー侯爵が亡くなって、脅威が去った。父上の友人たちもマダム・エイブリーも、僕をアークライド家の後継者だと認めてくれた。ようやく機が熟した、そう思った矢先だよ。あの噂が流れたのは。君がオズワルドと結婚すると聞いた時の僕の気持ちが分かるかい？　僕が腹を立てても仕方ないだろう？」

「あっ……はぁ、んっ！」

差し込まれた指とは違う指が花芯を探り当てて引っかく。その衝撃にティエラの身体が跳ね上がった。ところがその次にヴァレオは予想もしない行動に出た。指を引き抜き、ティエラをベッドに横たわらせると離れてしまったのだ。

ベッドに上半身を起こし、ティエラの身体を上掛けで覆いながらヴァレオがすまなそうに目を伏せる。

「ああ、ごめんね、ティエラ」

「え？　え？」

官能の疼きに全身を火照らせたティエラは、なぜヴァレオが途中で手を止めてしまったのか分からなくて混乱した。

「君は溺れかけたばかりで、安静にしていなければいけないのに、僕はこんなことを……」

「あっ……」

ベッドから降りようとするヴァレオに、ティエラは焦った。

最後にヴァレオと肌を合わせたのはもう三日も前のことだ。それまで毎晩のように愛されていた身体は欲求不満で疼き、少し触れられただけで枯れ木に火がついたかのように燃え上がっている。悦楽の渦が出口を求めてぐるぐると駆け巡り、身体中が疼いて仕方ないのに、ここで止められるのはまるで拷問のようだ。

逡巡したのは少しの間だけだった。ティエラは上半身を起こし、上掛けを身体から滑り落としながら懇願した。

「ヴァレオ様……お願い。抱いて……ください」

ヴァレオへの想いを自覚した後は、彼の求めにも積極的に応じてはいたが、こんなふうにティエラが自分から誘ったことはない。

恥ずかしくて仕方なかった。でも、このまま放置されたらそれこそどうにかなりそうだ。

だがヴァレオは、ティエラの身体を見て青い目に欲情を浮かべたものの首を横に振った。

「だめだよ。君の身体に障ってしまう」

ああ、どうしたら彼をその気にさせることができるのだろう。

ティエラはきゅっと口を引き結び決心すると、恥ずかしさに頬を染めながら、脚を大きく割り広げながら言った。

「ヴァレオ様が、必要なのです。ここに」

濡れてひくつくそこを指し示し、羞恥に震える声でねだる。

「ヴァレオ様のを、挿れてください。いっぱい、ここに注いで、ください……」

顔が燃えるように熱かった。

ギシッとベッドが鳴る。ヴァレオが身を乗り出し、ティエラの耳元に口を寄せて囁いた。

「僕が欲しい？」

必死になって頷く。その次の瞬間、ティエラの身体はベッドに倒され、ヴァレオに組み敷かれていた。

「ティエラのお願いだもの。叶えてあげなくちゃね」

愉悦を浮かべた青い目が、ティエラを見下ろしていた。

「あっ、ひゃ、あ、んぁぁ、んン」

宿屋の質素なベッドの上でティエラの嬌声が響いていた。

ティエラは手足を広げ、時折身体を震わせている。その大きく開いた脚の間にはヴァレオの金色の髪がうずめられ、じゅぶ、じゅると淫らな水音を響かせている。ティエラはヴァレオの舌が蠢くたびに、身体を捩り、声をあげ、頭を振り乱しては涙を散らしていた。

――もう、気が狂いそうだ。

『ティエラの身体に障らないように、優しく、ゆっくり愛し合おうね』

その言葉通り、ヴァレオはティエラをゆっくりと愛した。彼女の身体を丹念に撫で、彼女の美しさを讃えながらキスで覆った。手で、口で、言葉で、とても丁寧に優しく愛でていく。

これがティエラの初めての体験だったら、ヴァレオのその気遣いに愛を感じて咽《むせ》び泣いていただろう。

でもティエラはこの数か月の間、ずっとヴァレオと肌を重ね、何度も愛された身だ。時には激しく奪われ、淫らに調教され、何度も白濁を胎内に受けていた身だ。

今のティエラが求めているのは、ゆっくり労わるような愛撫ではなかった。いつものように、いや、いつも以上に激しく愛されたかった。

拉致され、オズワルドに襲われそうになり、そして森で迷って溺れかけたからだろうか。今は一刻も早くヴァレオと繋がって、彼の存在を、力強さを、全身で感じたかった。それなのに、ヴァレオは逸《はや》るティエラを宥め、じらすように愛していく。ひどくもどかしい。

シーツをかきむしりながらティエラは緩やかに続く淫悦に叫び出しそうになった。子宮は熱く燃え、ヴァレオを求めて蜜を溢れさせる。けれど与えられるのは宥めるような愛撫だ。それでいて小さな熾火《おきび》を掻きたてるように煽られては焦らされる。

「ヴァレオ様、ヴァレオ様……！」

とうとう我慢しきれなくなったティエラは泣きながら哀願した。

「指じゃなくて、ヴァレオ様をください！　お願いです。もっと奥までください！　ヴァレオ様ぁ！」

ティエラの言葉を聞いてヴァレオが顔をあげた。ペロリと口元に残ったティエラの蜜の残滓《ざんし》を舐め取ると、淫靡に笑う。

「我慢できなくなったの、ティエラ？」

必死に頷いていると、ギシッとベッドが鳴った。太ももに手をかけられ、ぐっと大きく割り開かれる。

ついにという思いで、涙の浮かぶ目で自分の上にのしかかっているヴァレオを見上げた。自分を見下ろすヴァレオはティエラのよく知るヴァレオであって、いつものヴァレオではなかった。少し子どもっぽさの残っていた青年ではなく、もう完全に大人の男の顔だ。

――もう私の知っている小さなヴァレオ様は大人になったのだ。

分かっていたはずなのに、でもティエラは本当の意味では分かっていなかったような気がする。

ここにいるのはティエラの主で、誰よりも愛している男《ひと》。

――私の、ヴァレオ様。

「僕のティエラ。僕の傍にいて。離れないで」

濡れて赤く充血した蜜壷に硬くて太い先端が押し当てられるのを感じた。息を詰めながら、次の衝撃を待つティエラに、ヴァレオは囁く。

「僕たちは永遠に一緒だ。僕は君を離さない。ずっと、傍にいる。死ぬときも一緒だ」

――離さない。死ぬときも一緒。

ゾクゾクとした愉悦が身体の底から湧き上がってくる。と、その時、ズブッと音を立てて、ヴァレオの屹立がティエラの蜜口にめり込んだ。

「あ、あ、ぁ、あ、あ、あああああぁぁ！」

ずんっと子宮まで響く衝撃に、ティエラはあっという間に絶頂を迎えた。

背中を反らせ、シーツをぐっと握り締めてティエラは甘い悲鳴を放つ。内壁がきゅっと締まり、ヴァレオの怒張に絡みついていく。

「あ、ん、ふぅ、んン、ん……」

ビクンビクンと身体を何度も引き攣らせるティエラに、ヴァレオはくすっと笑った。

「やっぱりティエラは感じやすいなぁ、入れただけでイクなんて。外見はとてもきりっとしているのに、中身は感じやすくてイヤらしい身体をしているなんて、本当にどこまで僕を煽るんだろうか」

「……ヴァレオ様が……こんなふうに、したんです」

荒い息を吐きながらティエラは呟く。ティエラがこんなふうになるのはヴァレオのせいだ。彼がティエラを変えてしまった。

ヴァレオがにっこり笑う。

「うん。そうだね。僕がティエラをこんなふうにした。だから一生かけて責任をとってあげるね」

「あっ、あ、ああ！」

ゆっくりとヴァレオが動き始める。絶頂の余韻の残るティエラの身体はたちまち再び反応を返した。

「君は溺れたばかりなんだから、ゆっくり、ゆっくりとね」

その言葉通りにヴァレオはティエラを組み敷きながらゆっくりと抽挿を繰り返す。

「あ、ン、ぁあ、ふっぁ……」

彼の動きに合わせて緩やかに身体を揺らしていたティエラは、いつまで経っても変わらない一定のリズムに、すぐにもどかしさを感じ始めた。

——ああ、また焦らされているんだわ。

「ヴァレオ様の、意地悪……」

ティエラの求めるものが分かっているのに、彼はなかなかそれを与えることはない。

「意地悪なんてしていない。ティエラの身体に障らないようにしているだけだよ」

答えながら、ヴァレオはティエラの胸の先端を戯《たわむ》れにキュッとつまみあげる。

「ん、あ……！」

背中を反らして快感を逃がしたティエラは、ヴァレオがすぐに胸から手を放してしまったことに気づいて内心臍《ほぞ》をかんだ。

このまま焦らされては、きっと気が狂ってしまう。

いつものように——いや、いつも以上に激しく愛してほしいのに。彼はそれをくれない。とうとうティエラはたまらなくなってヴァレオの背中に手をまわし、ぎゅっと抱きつきながら、中にいる彼の怒張を締めつけた。

「っ……」

ヴァレオが息を呑んだタイミングを逃さずに、彼を淫らに誘う。長い脚を彼の腰にしっかり絡みつかせると、動きに合わせて腰を揺らしながら胎内の屹立を引き絞る。これもこの数か月のうちに彼に教え込まされたものだ。

「お願いです、ヴァレオ様、もっと激しくして。もっともっといっぱい愛してください……」

欲情に濡れた女の声が響く。

優秀な女執事のティエラは閨《ねや》のことも優秀だった。ヴァレオの好みに躾けられた身体は彼の劣情を的確に、この上なく煽る。

「くっ……！」

速くなった腰の動きに、打ちつけられる激しさに、ティエラは「勝った」と思った。けれどそれもすぐに悦楽の波に攫われて思考ごと溶けていった。

「あっ、や、あン、んんっ、んぁ、はぁ……」

部屋の中はやがてベッドの軋む音と、粘着質な水音と肌を打つ音、それに互いが漏らす声だけになった。

やがてティエラが何度目かの絶頂の悲鳴をあげた直後、ヴァレオが胎内で大きく膨らんだ。

ぐっと押しつけられた腰の奥に熱い飛沫が打ち付けられ広がっていく。

「ああっ、ぁああ！」

ヴァレオにしがみつきながら、ティエラは背中を反らした。

熱い白濁が何度も何度も奥に注がれる。ぎゅっと腰を押しつけ子宮で子種を受け止めながら、ティエラは目もくらむような幸福感に涙が零れるのを感じた。

やがて熱狂の時が過ぎ、ティエラは手と脚を力なくベッドに投げ出しながら、そっと下腹部に手を置いた。その下では今もドクドクと熱い白濁がティエラの膣を満たしている。と、その手にヴァレオが自分の手を重ねた。その温かさに安堵を覚えながらティエラは目を閉じ、深い眠りに入っていった。

＊＊＊

そっと下腹部を撫でながら、ヴァレオは眠りに落ちていくティエラを見守った。彼の顔に浮かぶのは嫣然とした笑み。完全にティエラを手に入れたのを知る笑みだった。

ティエラはヴァレオに囚われ、繋がれた。もう離れることはない。ヴァレオがティエラに絡めた鎖は完全に繋がれていて、永遠に解けることはないだろう。

ヴァレオの母親であるアークライド伯爵夫人とヴァイオレットが亡くなった時、喪失の悲しみに直面していたのは、本当はヴァレオではなくティエラの方だ。ティエラとヴァイオレットの母子は本当に仲がよく、常に一緒にいた。いや、ティエラがヴァイオレットにくっついていたのだ。真実、幼い頃のティエラの世界の大部分はヴァイオレットとヴァレオで占められていた。

一方、ヴァレオの母親は夫である伯爵を支え、社交もこなしてとても多忙な女性だった。ヴァレオの傍にあまりいてくれない人だったのだ。だから、亡くなった時も彼にとってはヴァイオレットを失ったことの方がつらいほどだった。

だから母親という存在を失ってどちらがより辛かったかといえばティエラの方だろう。

――強くて脆《もろ》い、僕のティエラ。

遊びに出かけた森で、互いの姿を見失うたびにいつも捜していたのは、泣きながら彼の姿を求めていたのは、ティエラの方。

『ヴァレオ様！　私から離れないでください！　ヴァレオ様まで失うことになったら、私は……！』

――『ティエラ。ずっとずっと傍にいて。決して僕から離れていかないで』

その言葉を必要としていたのはヴァレオじゃない。本当はティエラの方だ。決して離れていかない人間。傍にいてくれる人間を求めていたのは、ティエラ自身。

一方、ヴァレオもティエラの望む言葉を与えることで彼女を縛りつけることができた。

――ねぇ、ティエラ。幼い頃からの親愛と執着をこじらせているのは一体誰の方？

……だがヴァレオはそんな想いは微塵も出さない。寂しがり屋の彼女を自分に縛りつけて放さないために。

＊＊＊

社交シーズンも終わりに近づいたある日、アークライド邸の一室ではミセス・ジョアンやマダム・エイブリーをはじめとした女性陣が集まっていた。その中心にいるのは赤を基調とした落ち着いた色合いのドレスに身を包んだティエラだ。

ティエラはこれからヴァレオのエスコートで王宮に行き、ウェンズリー侯爵として女王陛下に謁見する予定なのだ。ヴァレオの要請でこの日のためにマダム・エイブリーが用意したドレスを着たティエラはとても美しかった。今の姿を見て、普段彼女が男装姿で執事をしていると言われても、誰も信じないだろう。

「侯爵になったのに執事はまだ続けるつもりなの？」

マダム・エイブリーが、ミセス・ジョアンに帽子を着けてもらっている最中のティエラに尋ねる。鏡の前に立っていたティエラは頷いた。が、とたんに叱咤が飛ぶ。

「ティエラ！　頭を動かさないで！」

「ごめんなさい、ミセス・ジョアン」

そのやり取りを聞いてマダム・エイブリーがくすくす笑った。ティエラが本当は貴族でウェンズリー侯爵になると知っても、この家の者たちのティエラに対する態度は以前と変わらなかった。「ミス・ティエラは私たちのミス・ティエラですから。それに今度はこの家のミセス・ティエラになるんですから！」というのが彼女たちの言い分だ。

実際、ほとんど今までと変わることはない。女執事として主を支え、この家を切り盛りしてきたティエラは、今度はヴァレオの妻となって彼を支え、この家で采配を振るう。

ヴァレオとティエラは婚約を交わした。今ティエラはヴァレオの婚約者としてこの家の女執事をしている。そのことに眉をひそめる貴族もいるだろうが、ヴァレオは気にしないし、彼が気にしないのならティエラも気にしないだろう。

ティエラは気を取り直して答えた。

「私も執事を続けたいので、結婚するまではこのまま続けさせていただこうかと思います。ヴァレオ様もいいと言ってくださいましたし」

「ウエディングドレスを着る時が、執事服を脱ぐ時ってことね。そうだわ、そろそろウェディングドレスのことも考えないと」

マダム・エイブリーが言うと、ミセス・ジョアンが口を挟んだ。

「さっそくカタログを取り寄せましょう。今度こそはドレス選びに参加させていただきますからね」

どうやらミセス・ジョアンはティエラのドレスをマダム・エイブリーだけに見立てられたのが気に入らないらしい。

「わ、私たちも参加させてもらってよろしいでしょうか？」

後片付けをしていた侍女たちが手を止めてミセス・ジョアンに訴える。ミセス・ジョアンは鷹揚に頷いた。

「いいわよ。みんなでティエラに一番似合うウェディングドレスを選びましょう」

「ありがとうございます！　みんな喜びます！」

たちまちその場はどの仕立屋がいいか、どのドレスメーカーがいいかの大論争の場となった。ただ、当のティエラだけは参加せず、白熱していく議論に困惑した顔で立ち尽くしている。

その様子を眺めながら、マダム・エイブリーはすべてうまい具合に収まったことを神に感謝した。一時はどうなることかと思ったが、ティエラは恐れを乗り越えて貴族社会に飛び込んでいく決心をしたようだ。あの噂がいいきっかけになってくれた。

ティエラはウェンズリー侯爵となり、ヴァレオと結ばれる。彼らのもと、アークライド家はますます栄えていくだろう。

ディエゴが望んだとおりに。マダム・エイブリーが望んだとおりに。

――ティエラとヴァレオのあの噂をこっそり流した甲斐があったわ。

マダム・エイブリーは独《ひと》り言《ご》つと、大論争に参加するべくみんなの輪に加わっていった。

「用意はできたか？」

王宮に行く支度を終え、ティエラが私室に戻って時間がくるのを待っていると、父のモーリスがやってきた。いつもは領地の屋敷を切り盛りしているモーリスだが、娘の晴れ舞台のためにわざわざ王都まで来てくれたのだ。

「お父さん……」

ティエラのドレス姿を見て、モーリスは目を細めた。

「似合っている。ますますお母さんに似てくるな、ティエラは」

「ありがとう。嬉しい」

実際ティエラは母ヴァイオレットと瓜二つと言ってもいいほどよく似ている。だからこそ、ヴァイオレットの娘だとすんなり認められてウェンズリー侯爵の爵位を得ることができたのだ。

ティエラは一度だけヴァレオに連れられてウェンズリー侯爵邸に足を運んだ。ほとんどの財産を失い、主も失った屋敷は荒れ果てていたが、それでもまだ残っているものがあって、その中に母ヴァイオレットの娘時代の肖像画も含まれていた。

ドレスに身を包み、微笑んでいる肖像画の母は、びっくりするほどティエラにそっくりで、思わずティエラが自分自身の肖像画かと錯覚するほどだった。その時までまだ半信半疑だったティエラも、それでようやくヴァイオレットがウェンズリー侯爵家の令嬢だったことが納得できたのだった。

母のその肖像画はウェンズリー侯爵邸の修繕が済み次第、その屋敷の玄関ホールの正面に飾られることになっている。

「ヴァレオ様ったら、屋敷の修繕だけでなく、ウェンズリー侯爵家の失った所領もほとんど買い戻してくださったの。私はいいと言ったのに」

ティエラにウェンズリー侯爵家の屋敷や土地への思い入れはほとんどない。ティエラにとってはアークライド家の領地と屋敷が故郷だからだ。でもヴァレオは「あそこはティエラの源《ルーツ》でもあるんだから、失くしてしまうのは惜しい」と言って、瞬く間に土地を買い戻してそれをティエラの名義にしてしまった。

「どれほどお金をつぎ込んでいるのか、考えただけでもめまいがするわ……」

「……あそこの土地は、売りに出されるたびにもともとディエゴ様が買い占めていらした。ヴァレオ様は残りの土地を購入されただけだ」

「え？　ディエゴ様が？」

びっくりして見上げると、苦々しさの浮かんだ茶色い目がティエラを見返す。

「今のヴァレオ様とそっくり同じことを言って。ヴァレオ様とお前の結婚のお祝いにするつもりだったようだ」

「ディエゴ様が……」

マダム・エイブリーは『ディエゴは、あなたを最初からヴァレオの妻にするつもりだったの』と言っていた。今となってはそれが本当なのか本人に聞くことはできないが、ウェンズリー侯爵の土地を買い、結婚祝いとして用意していたというのなら、それは本当のことだったに違いない。

「ディエゴ様はブライルズ男爵家も再興させようとなさっていたようだが、それは私が断った」

それからふっとモーリスの口元に苦笑が浮かんだ。

「つい先日も、ヴァレオ様が私に男爵家を再興するなら援助するとおっしゃってくださった。もちろん、今回も断ったが。……本当にあの親子はよく似ている」

ティエラはモーリスをじっと見上げた。

「お父さん。あの、お父さんは……本当にブライルズ男爵なの？」

ティエラはヴァイオレットが侯爵令嬢だったことは認めたが、モーリスに関してはまだどこか信じきれていなかった。マダム・エイブリーやヴァレオの口から聞いてはいたが、モーリスは今まで一度もそんなそぶりを見せたことがない。でも今、初めて父の口から「ブライルズ男爵」の名が出たのだ。

モーリスは娘の質問に頷いた。

「ああ。確かに私はブライルズ男爵だ。土地も財産もなく、名前だけの爵位だが。だから普段は私自身もそのことは忘れている。物心ついた時には没落していて、庶民に交じって生活していたから貴族だという自覚もない」

ブライルズ男爵家はモーリスの父――つまりティエラの祖父が爵位を継いだ時には、もう没落が始まっていた。特別浪費家だったわけではない。ただ時代の変化についていけなかっただけだ。小さく貧しい領地は、産業の発展とともにあっという間に時代の波にのまれて崩壊した。残ったのは爵位と貴族の誇りにしがみつく哀れな男だけ。

「土地も財産もなければ、貴族だろうと働かないと生活はできない。商家出身の母が一生懸命働いて養ってくれたが、私の家は貧しく、その日のパンにも事欠く有り様だった。ところが気位の高い父はこんなことは貴族のやることではないと言って、働こうとしなかった。貴族であることを捨てられず現実を見ない父親に、私はずっと腹を立てていた。だから、自分が貴族の血を継いでいることを誇りには思えなかったんだ」

その父親が亡くなって、自動的に爵位を継ぐことになったモーリスだったが、自分は庶民だと思って今まで生きてきたのだという。

「私は貴族であることを誇れない。むしろ自分の力で地に足をつけて働くことを誇りに思っている人間だ。これから侯爵として生きるお前には悪いが、私は自分を変えることはできないだろう……」

そこで言葉を切り、モーリスは改めてティエラを見下ろした。

「お前も分かっている通り、貴族の世界というものは決して生易しいものではない。だから私はお前にただの庶民として幸せになってもらいたかった。でもお前はヴァレオ様の傍らで社交界と向き合いながら生きていくことを選んだ。これからはヴァレオ様がお前を守り慈しんでくださるだろう。財産も土地も権力もない私は父親として何もしてやることはできないが、お前がこの先もずっと幸せであることを心から祈っている」

「お父さん……」

ティエラは腕を伸ばしてモーリスの首に抱きついた。

「ドレスの形が崩れるぞ」

そう言いながらも、モーリスは娘の手を外すことなく、背中に腕を回す。

こうやって父に抱きついたのは何年ぶりだろうか。父の補佐として働き始めてからはない気がする。二人はもう長い間父娘というよりは上司と部下として接していたからだ。

でも、ティエラは父の愛情を疑ったことはない。厳しくても、怒られても、いつもそこには父親としてティエラを見守る眼差しがあった。

「お父さんは私の誇りです」

モーリスはかつてヴァレオとティエラを引き離そうとしたが、それもティエラの幸せを思うが故だ。彼の懸念も、庶民だと思って育ってきたティエラにはよく分かる。……それでも、ヴァレオと一緒に乗り越えることを選んだのだ。

「庶民だと思っていたからこそ、今の私があります。貴族として育っていたら、ヴァレオ様との関わりはもっと違っていたでしょう。お父さんには感謝しています。お父さんの娘でよかった。お母さんの娘でよかった。今日はお父さんとお母さんの娘として胸を張って女王陛下とお会いしてきます。お父さん……今までありがとうございました」

「……私もお前が娘でよかった。お前は私の誇りだ」

しばらく二人はそのまま抱き合っていた。ティエラを迎えに部屋に入ってきたヴァレオが見たのは、そんな父娘の姿だった。

「……親子だと分かっているが、他の男と抱き合っているのを見るのは面白くないな」

ムッとしたように呟くヴァレオに、抱擁を解いたティエラとモーリスは顔を見合わせて苦笑した。

「ティエラ。お前の夫になる相手は相当の焼きもちやきだ。気をつけろ」

「はい。お父さん」

「ああ、ほら、もう時間だから、そろそろ行くよ、ティエラ」

「はい。ヴァレオ様」

やがて、ティエラは豪奢な馬車に乗り込み、ヴァレオとともに大勢の使用人たちに見守られて屋敷を出発した。

ヴァレオにエスコートされて、赤い絨毯《じゅうたん》の上をティエラは進んだ。帽子は王宮に入る前に係官に預けてある。

今日は婚約の報告と挨拶を女王陛下にするという名目だが、この謁見はティエラのお披露目の意味も含まれている。そのため、周囲には突然出てきてウェンズリー侯爵になったティエラを見ようと大勢の貴族たちがひしめいていた。

その物見高い視線の中、ティエラは堂々と胸を張って玉座にいる女王陛下のもとへと歩いてく。その中には満面の笑みでティエラたちを見守るディエゴの友人たちの姿もあった。

人々はティエラの美しさに、そして堂々とした姿に、決して付け焼き刃ではない優雅な所作に、驚きと感心の目を向けている。

もちろん中には敵意のこもった視線や、胡散臭そうに見つめる目もあった。

それは仕方のないことだとティエラは思う。自分は貴族たちにとっては異物で、隙を見せればすぐに排除されてしまうかもしれない存在だ。

父の言う通り、この先も決して平坦な道ではないだろう。けれど、ティエラはヴァレオさえいれば、彼と一緒ならばそれを乗り越えられると信じている。

「僕がついているから大丈夫だ」

小さな声でヴァレオが囁く。

「はい」

信頼をこめてヴァレオに預けた手に力を入れれば、すぐにぎゅっと握り返された。

「ティエラ。愛している。ずっとずっと傍にいて。離れないで」

遠い昔に交わした約束。それは今後もずっと続いていく。

「はい。ヴァレオ様。ずっとずっとお傍におります」

ティエラとヴァレオは手を取り合い、長い長い道を進んでいった。

エピローグ　秘密と沈黙

屋敷の一室に集まった女性陣たちは、ティエラの結婚式用のドレス選びに余念がなかった。

「女王陛下は白いドレスをお召しになって結婚式を挙げたというわ。だからそれにあやかってやっぱり白がいいと思うの」

マダム・エイブリーが言うと、ミセス・ジョアンも主張する。

「いいえ。ティエラはせっかく何を着ても似合うのだから、もっと派手なドレスがいいと思います！」

二人の間ではティエラが困ったような笑みを浮かべていた。

その喧騒を部屋の隅で見守っていたヴァレオは密かに離れて執務室へ向かう。そこにはすでにモーリスがいた。

モーリスが何を見ているのかに気づいたヴァレオは彼の横に立った。

「結局、父上の思惑通りになったようだね。ティエラは女侯爵になって、アークライド伯爵家に更なる高貴な血と爵位をもたらす。そのために父上はティエラを自分の考える理想的なアークライド伯爵夫人になるように育てあげた」

渋い顔になるモーリスに、ヴァレオは笑う。

「勘違いしないでほしいな。父上は父上でティエラを道具ではなく、娘のように可愛がっていたよ。ただ、僕の願いとティエラの持つ血は、父上にとって一石二鳥だっただけだ。あの人は抜け目がない上に、案外野心的だったからね。父上は、気位ばかり高い貴族のことを、能力もない、ただ祖先が築いた血と財産の上に胡坐《あぐら》をかく連中だと思っていた。その連中に新興の伯爵家だと侮られていたことにずっと腹を立てていたんだ。その最たる存在が故ウェンズリー侯爵だった。そこへ君やヴァイオレット、そしてティエラという駒が手に入ったんだ。父上は使わずにはいられなかったんだろうな」

ヴァレオはそう言いながら机に向かうと、引き出しの中にしまってあった封筒の中から一枚の紙を取り出した。それは以前、モーリスに見せた、ある秘密が記してある書類だった。

「これはもう必要ないね」

ヴァレオはそう言いながら、炎の燃え盛る暖炉にその書類を放り投げた。書類はあっという間に火に巻かれる。隠したい秘密が灰となるのを見届けて、モーリスはほっと安堵の息を吐いた。

「これで秘密を知るのは僕と君だけ。墓まで持っていくと約束しよう。ティエラが君の実子ではなく、故ウェンズリー侯爵とヴァイオレットの間に生まれた子であることは」

「ヴァレオ様……」

モーリスが硬い声を出す。ヴァレオは苦笑して手を振った。

「ああ、もう二度と口にしない。誓うよ」

「そうしてください。あの子には決して知られたくないのです」

ヴァレオとモーリスが絶対に秘密にしたまま葬り去りたいティエラの出生の事実――ヴァイオレットが実の兄に凌辱されてできた子どもであるということだ。

モーリスが従僕として初めて仕えた家がウェンズリー侯爵家だった。そこで彼は、先代の侯爵が亡くなって以降、兄によって閉じ込められ、性的な暴行を受けていたヴァイオレットと出会った。

辛い日々を過ごしていたヴァイオレットを救いたくて、モーリスは彼女を連れて逃げ出した。だが駆け落ちしたその時にはすでにヴァイオレットのお腹の中にはティエラがいたのだ。

モーリスは後に正式に結婚式をあげるまでヴァイオレットと肉体関係を結んだことはな

かった。つまり、ウェンズリー侯爵以外が父親である可能性はない。ティエラは近親相姦の末にできた子どもなのだ。

「これが知られたら貴族であろうと庶民だろうとティエラの人生は破壊されてしまう。あの子に罪は何もないのに」

ヴァイオレットにも罪はない。罪があるのはあの忌まわしい故ウェンズリー侯爵ただ一人だ。

だから、モーリスもヴァイオレットもティエラを堕胎することができずに、生み、愛情を持って育ててきた。

ウェンズリー侯爵に見つからないように、名前を変え、庶民となり、やがてその中に埋もれていくはずだったのだ。故ウェンズリー侯爵の血統ごと。

隠したい秘密を掘り起こされないように。

なのにディエゴとヴァレオの手によって、再び貴族社会に組み込まれてしまった。これが吉とでるか凶とでるか、誰にも分からない。

モーリスにできるのは、ただ願うことだけだ。秘密が秘密のままであることを。

「そうとも。ティエラには何も罪はない。正直言って僕はティエラが罪の子だろうが、なんだろうがまったく気にしない。ティエラが僕の傍にいて笑ってくれるだけでいいんだ。そのためには何だって利用するよ。父上の思惑も、ティエラの僕に対する依存も」

ティエラに対する執着を隠そうともしないでヴァレオはそこまで言うと、急に口をつぐんだ。理由はすぐに明らかになった。ティエラのものと思われる足音がこちらへやってきているからだ。

コンコンとノックの音が部屋に響き渡る。

「どうぞ」

応じると、ティエラが扉を開けて現れた。

「ヴァレオ様。お茶の準備ができました。ミセス・ジョアンが美味しいビスケットを焼いたそうです。今日はマダム・エイブリーもいらしていることですし、みんなでいただきませんか？」

「それはいいね。すぐに行くよ」

ヴァレオはにっこり笑うと、暖炉の前から離れて戸口へ向かう。ティエラは次にモーリスを見た。

「お父さんも」

モーリスはふっと笑みを浮かべた。

「私は少し用事があるから、あとで伺うことにしよう。先に行っていてくれ」

「分かったわ」

頷くとティエラはヴァレオと一緒に部屋を出ていった。仲むつまじい二人を見送ったあ役っぽい言動しています。ダークヒーローのつもりではなかったのですが、やっていることは鬼畜で、パワハラ&セクハラしまくりのヒーローになりました。それでも何だかんだで受け入れてしまうヒロインはともかく、当て馬がとても気の毒なことになっております。たぶん、彼が一番の被害者ですね。書いていて気の毒になりました。彼もどこか遠くで幸せになれるといいのですが……。

一部の人はともかく、ティエラたちは幸せな人生を送れたことと思います。秘密は秘密のままに。

イラストのｙｏｓ様。とても素敵なイラストありがとうございました！　ティエラをとてもカッコイイ女性に描いてくださいまして、ラフを見て小躍りしました。

最後に編集のＹ様。今回もまたまたご迷惑おかけして本当すみませんでした。途中だめかと思いましたが、何とか書き上げることができたのもＹ様のおかげです。ありがとうございました！

それではいつかまたお目にかかれることを願って。

富樫聖夜

Sonya
ソーニャ文庫

この本を読んでのご意見・ご感想をお待ちしております。

◆ あて先 ◆
〒101-0051
東京都千代田区神田神保町2-4-7 久月神田ビル7階
㈱イースト・プレス　ソーニャ文庫編集部
富樫聖夜先生／ yos先生

主人《しゅじん》の愛執《あいしゅう》

2016年4月5日　第1刷発行

著　　者　富樫聖夜《とがしせいや》
イラスト　yos《よす》
装　　丁　imagejack.inc
D T P　松井和彌
編集・発行人　安本千恵子
発 行 所　株式会社イースト・プレス
〒101-0051
東京都千代田区神田神保町2-4-7 久月神田ビル8階
TEL 03-5213-4700　　FAX 03-5213-4701
印 刷 所　中央精版印刷株式会社

ISBN 978-4-7816-9574-7
定価はカバーに表示してあります。

Sonya ソーニャ文庫の本

『軍服の衝動』　富樫聖夜

イラスト　涼河マコト